Yanick Lahens

TANZ DER AHNEN

Roman

Aus dem Französischen
von Jutta Himmelreich

Rotpunktverlag

Die Originalausgabe erschien 2000 unter dem Titel
Dans la maison du père bei Le Serpent à Plumes, Paris, Frankreich.

Die Übersetzung aus dem Französischen wurde unterstützt
durch die Gesellschaft zur Förderung der Literatur aus Afrika, Asien
und Lateinamerika e.V. in Zusammenarbeit mit der
Schweizer Kulturstiftung Pro Helvetia.

www.rotpunktverlag.ch
Umschlaggestaltung: Andi Gähwiler
Druck und Bindung: freiburger graphische betriebe · www.fgb.de
ISBN 3-85869-271-9
1. Auflage

Für Jacques-Olivier, Bertrand und Philippe

Und unsere dummen und närrischen Gesten,
um die lumpigen Goldspritzer glückhafter Augenblicke
wieder aufglänzen zu lassen, um die Nabelschnur
wiederherzustellen in ihrem zerbrechlichen Glanz.
Aimé Césaire

1

Das Haus steht am Ende einer Hibiskusallee, Fenster und Türen weit offen. Eine populäre Ragtime-Melodie klingt aus dem Trichter des Grammofons auf dem kleinen Tisch in einer Wohnzimmerecke. Schon zu den ersten Takten drehe ich mich im Kreis, in meinem blauen Kleid. Ich bewege die Füße und lache. Klatsche in die Hände. Wiege mich im Takt. Eine Frau steht aus ihrem Sessel auf, streift den Seidenschal von den Schultern, legt ihre leichte Jacke ab und stellt sich neben mich, in die Mitte des Wohnzimmers. Die Frau bewegt sich so wie ich, wenn auch mit mehr Zurückhaltung. Seit sie mit mir tanzt, lache ich noch lauter. Es fehlt nicht viel, und meine Lungen platzen, mein Herz löst sich aus meiner Brust und fällt mir zu Füßen.

In der Tür sitzt ein junger Mann in einem weißen Korbsessel und schaut hin und wieder von seinem Buch auf, um uns beim Tanzen zuzusehen. Er lächelt. Aus einiger Entfernung beobachtet uns noch ein anderer Mann, von der Veranda aus. Er trägt einen Anzug aus weißer Alpakawolle, schaukelt sanft in seinem Schaukelstuhl und winkt uns hinter dichten Rauchschwaden zu. Sein Gesicht ist nicht ganz so schmal wie das des jungen Mannes, doch beide haben die gleichen hellbraunen, tamarindenfarbenen Augen, deren Leuchten durch die ebenholzfarbene Haut noch stärker zur Geltung kommt. Unter ihren Blicken lebe ich auf, beginne zu strahlen.

Minuten später laufe ich aus dem Haus, springe in den Garten. Während sich die Musik des Grammofons entfernt, summe ich die Ragtime-Melodie leise vor mich hin. Die Musik verfolgt mich für eine Weile. Ich hüpfe durchs Gras, drehe mich wieder im Kreis, werfe die Arme vorwärts und rückwärts, bis mich ein leichtes Schwindelgefühl erfasst… Und plötzlich hat eine unerklärliche, fröhliche Macht mich in ihrer Gewalt und zwingt mir ihre Bewegungen auf. Ich streife die Schuhe von den Füßen, die weißen Strümpfe und finde mich hinein in den Rhythmus einer anderen Musik, in andere Gesten, zu denen eine Trommel den Takt schlägt, und die ich vor wenigen Wochen auf einer entlegenen Lichtung in Rivière Froide beobachtet habe, in einem Vorort, außerhalb der Stadt. Ich beuge die Knie, lasse die Schultern nach vorne fallen, krümme den Rücken und mache kleine, kaum merkliche Schritte. Ich kauere so tief, dass ich fast den Boden berühre, und bewege mich, ohne innezuhalten. Jetzt bin nicht ich es mehr, die tanzt, sondern der Tanz, der mich durchdringt und mir mein Blut durch die Adern jagt.

Der Mann im weißen Alpakaanzug beobachtet mich. Seit geraumer Zeit schon. Ich weiß es nur noch nicht. Ohne mich aus den Augen zu lassen, löscht er seine Zigarette, erhebt sich aus dem Sessel und kommt auf mich zu. Er fixiert mich, die Adern an seinem Hals schwellen noch deutlicher an. Er geht schnell. Sehr schnell. Die letzten Meter läuft er sogar, und als er mich erreicht, fällt er über mich her wie eine brennende Fackel über ein Zuckerrohrfeld. Er krallt sich in meine Schultern, schreit mich an, »hör sofort auf mit diesem Tanz …, verflucht«, und ohrfeigt mich.

Ich schreie laut auf. Dann weine ich leise und halte beide Hände vors Gesicht. Unter den Tränen spüre ich Scham in mir aufsteigen. Auch Wut. Sie nähren schon jetzt den Schmerz, der noch so weit entfernt ist. Ich lege mich ins Gras. Für Sekunden, die mir ewig zu dauern scheinen. Plötzlich überkommt mich der Wunsch zu sterben, auf der Stelle, vor aller Augen, meine Wange an die feuchte Erde geschmiegt.

In der Ferne spielt noch immer das Grammofon. Ins Leere diesmal.

Die junge Frau hat die Szene von weitem mit angesehen, versteinert. Nun läuft sie zu mir und schließt mich in ihre Arme. Der junge Mann in der Tür hat sein Buch aus der Hand gelegt, kommt eilig auf uns zu.

Die Musik im Haus ist plötzlich verstummt. Kurz darauf bricht die tropische Nacht an. Eine alte Frau, sehr korpulent, leicht gebeugt, das Haar in ein Kopftuch geschlungen, schließt alle Türen und Fensterläden. Hin und wieder wirft sie einen Blick in den Garten und murmelt vor sich hin.

Der Mann in Weiß ist mein Vater. Die Frau mit dem Seidenschal meine Mutter, der Junge mein Onkel, zweiundzwanzig Jahre alt, der jüngere Bruder meines Vaters. Die alte Frau, Man Bo, ist unsere Haushälterin, von jeher. Heute ist der 22. Januar 1942, und ich, Alice Bienaimé, die ich hier im

Gras liege, in meinem blauen Kleid, habe soeben den ersten Schritt in mein dreizehntes Lebensjahr getan.

2

Es gibt keinen Anfang vor diesem Bild. Dieses Bild ist der Mittelpunkt. Der *mitan* meines Lebens. Es vereint in sich, was vorher war, und beleuchtet, was künftig sein wird. Meine Freundschaften, meine Liebschaften, meine Erwartungen und mein Leid, alles wird sich in seinem Licht oder in seinem Schatten abspielen. Meinen Vater, meine Mutter, meinen Onkel, Man Bo, uns alle wird dieses Erlebnis prägen, wird Spuren hinterlassen, als hätten wir es gemeinsam im Blut. Mich wird es stärker prägen als die anderen.

Ich bin aus diesem Bild geboren. Dieses Bild hat mich ein zweites Mal zur Welt gebracht, so wie ich es meinerseits geboren habe. Schwindet es aus meinem Leben, so werde ich hungers sterben. Sterben auch, weil ich es nicht mehr mit Nahrung versorgen kann. Das wird mein wahrer Tod sein. Der einzige, an den man sich einst erinnern soll.

3

Man vergisst nicht, man vergisst nie.

Noch während ich Tränen vergieße, höre ich meine Stimme, wie einen Faden, der reißt. Jener Zwischenfall hat mich in meine Zukunft katapultiert. Jahre später werde ich mein Leben tanzen, und die Erinnerung an meinen Vater wird stärker brennen als der Schmerz auf meiner Wange.

Auch meine Mutter ist da. In jenem Bild kniet sie neben mir. Sie hat sich stets über mein Leben gebeugt, über meine

Wiege, über meine Kindheit. Sie hielt meine Jugend in ihren Armen. Sie hatte sich in den Kopf gesetzt, meinen Weg mit Ylang-Ylang zu pflastern und mit Jasmin. Weil sie fürchtete, ich könnte mich verletzen. Fürchtete, ich könnte fallen und mir wehtun: »Das Beste ist, ich hab dich lieb. Für immer.« Mich zu lieben, war ihr oberstes Gebot.

Zwischen meinem Vater, dem wundervollen, fernen Helden, und meiner Mutter war ich hin und her gerissen zwischen zu wenig und zu viel Zärtlichkeit. Also klammerte ich mich an meinen Onkel wie an einen Rettungsanker. Er lehrte mich, und daran glaubte ich, auf die Stimme der Männer, Frauen und Dinge zu hören, die mir sagten, das Leben sei voll strahlender Bilder, sei ein Feuer, das es zu entfachen galt, selbst wenn man dabei Gefahr lief, sich zu verbrennen.

Wie an die Ränder eines Traums gezeichnet sehe ich Thérèse, meine Zwillingsfreundin, Lise Martin Boural, die Wegbereiterin, und Edgar, zarte Musik in meinen Adern. Verlorene Musik, unvergessen.

Mitten unter ihnen steht Man Bo, aufrecht, wie ein Wachtturm, alt, auf der Schwelle zu meinem Leben.

Wenn meine Worte leben, dann durch sie alle. In der Erinnerung, in der sich unsere Lebenswege gekreuzt und wieder getrennt haben, liegen die Koordinaten meiner Kindheit.

4

21. August 1934. An jenem Tag war mein Vater, für ihn ganz untypisch, so aufgeregt, dass ich mich an meine Vorfreude auf ein sehnlich erwartetes Fest erinnert fühlte. Anténor

Bienaimé strahlte an jenem Morgen die Ungeduld und Aufmerksamkeit aus, die ich an mir selbst so gut kannte. Ich trat über die Schwelle zu ihm, öffnete die große Faust seiner linken Hand, indem ich jeden Finger einzeln aufbog, und schob meine winzige Hand in seine. Bei dieser Geste hatte mein Vater mich angeschaut und gelächelt. Dann war er in die Knie gegangen, um mir einen Kuss zu geben, hatte meine Kinderhand in seine Hände genommen und geflüstert: »Du bist dabei, meine Königin zu werden, weißt du. Und nun komm, wir müssen uns eilen.«

Der Jubel hing schon seit Tagen in der Luft. Er trieb das Blut schneller durch die Adern der Stadt. In den frühen Morgenstunden, noch bevor die wilden, feuchtheißen Träume der Nacht ganz verflogen waren, hatten die fliegenden Händler ihre Körbe ins Freie gebracht und Wohlgerüche verbreitet, Marinaden, Tabletts mit Ingwer und Fischbällchen. Noch immer habe ich die lila flimmernde, wie von Watte verschleierte Morgendämmerung vor Augen, höre noch heute die Rufe der Obstverkäuferinnen: »Men bèl zoranj«, »Ladous ki vyen kenèp«, schmecke den ersten Schluck Kaffee, den ich damals trinken durfte, um mich für den außergewöhnlichen Tag zu stärken. Wie in Worte fassen, welches Gewicht diese Vorfreude in meinem Leben hatte? Glück, so wahr wie ein kräftiger Schluck Rum, der durch die Kehle rinnt, oder die Berührung mit dem zarten Schaum einer Welle am Strand. Männer und Frauen hatten die Straßen mit lebendigem Treiben erfüllt, gelb, rot, orange, und ließen den Geschmack ihrer dargebotenen Früchte zurück. Der Lärm lief von Straße zu Straße, ununterbrochen, wurde lauter, ebbte ab, schwoll wieder an, wie ein endloser Tanz. Von weit her war eine lange zurückgehaltene Hitzewelle herangerollt, die die Haut zum Erglühen brachte.

Nackte, unverhohlene Freude tanzte durch die Stadt.

Vor dem Einschlafen hatte mein Vater mich vorbereitet: »Morgen wirst du einen Tag erleben, den du nie vergessen solltest.«

»Warum?«, hatte ich ihn gefragt.

»Die Amerikaner ziehen aus Haiti ab. Jetzt weht unsere Fahne wieder allein. Sperr die Augen auf und merk dir alles. Damit du's später deinen Enkelkindern erzählen kannst.«

Die Stimme hatte ein wenig gezittert. Dessen bin ich mir heute noch sicher. Seine plötzlich feuchten Augen funkelten im Dunkeln, und er hatte sich für den Bruchteil einer Sekunde abgewendet. Untrügliches Zeichen dafür, wie bewegt er war, der Mann mit dem direkten, durchdringenden Blick. Bevor er aus dem Zimmer ging, hatte er mir einen Gutenachtkuss gegeben und gesagt: »Nun schlaf schnell, ich möchte, dass du morgen schön bist.«

Wie sonst auch griff ich nach meinem kleinen gelben Schal, den er mir vor zwei Jahren geschenkt hatte und ohne den ich seitdem nicht mehr einschlief. Der Schal, der von Anfang an zu den heiligen Kindersachen zählte, die Eltern Rätsel aufgeben: alte Buntstifte, Schnüre und tote Schmetterlinge. An jenem Abend legte ich ihn auf mein Kopfkissen, neben meine erste, fast vollständig aufgelöste Puppe, eng an mein Gesicht geschmiegt.

5

Vor uns lag der Exerzierplatz, im Staub, den die Schuhe aufwirbelten, die Sonne stach, und rundum war die verheißungsvolle Stimmung jenes Tages zu spüren. Die Menschen hatten sich um das weiße Gebäude der Juristischen Fakultät in der Rue Monseigneur Guilloux versammelt. Alles strahlte die beinahe unerträgliche Dichte eines Geschehens aus, das nicht von Dauer ist. Das ahnte ich. Ich spürte die Spannung jener Stunden im Bauch, nicht im Kopf. Mein Bauch war schon damals mein Kompass, der mir half, die Klippen des Lebens zu umschiffen. Diese Anspannung war auch meine erste Begegnung mit dem Unabänderlichen, dem Unausweichlichen. Sie bereitete das Kind von einst auf die stürmischen Jahrzehnte vor, die vor ihm lagen. Hitze, intensive Gerüche, ohrenbetäubender Lärm, alles gab mir das seltsame Gefühl, ich näherte mich einer großen, schlummernden Bestie, oder einer noch schlafenden Riesenkrake. Doch das Fieber ließ auch Gewalt ahnen und Gier, so lange schon unterdrückt, dass man sie vergessen glaubte.

Und während wir auf die Redner warteten, sah ich auf der anderen Straßenseite der Rue Monseigneur Guilloux die Dame mit dem Sonnenschirm. Stolz und aufrecht schritt sie über den Asphalt, schön wie ein vom Himmel gefallener Engel. Als sei es gestern gewesen, so gut erinnere ich mich an sie. Sie war in Begleitung einer unserer Nachbarinnen, Cécile Privat, und deren Tochter Laura. Mein Vater zog den Hut zur Begrüßung, und die Damen erwiderten seinen Gruß mit einem Nicken. Die Unbekannte schenkte uns ein Lächeln. Auf den zweiten Blick, sie war nun ein wenig näher, sah sie nicht ganz so schön aus. Doch das feuchtheiße Glitzern in ihrem Lächeln, so schien es mir, fing die besondere Stimmung jenes Tages ein. Ich starrte sie an. Unverwandt. Mit dem Blick, den meine Mutter stets rügte: »So stiert man die Leute nicht an. Das ist ungezogen.« Auch daran erinnere ich mich: Nachdem wir sie hinter uns gelassen hatten, drehte mein Vater sich plötzlich um, riss die Augen auf und sah sie ein zweites Mal an, als sei sie eine Erscheinung.

In einiger Entfernung hatten bereits gewichtige Herren auf dem eigens errichteten Podium Platz genommen. Ein Redner rief: »Nun ist er endlich da, der Tag, den wir alle so sehnlich erwartet haben.«

Die Stimme war tief, hatte ein Echo. Diese ersten Worte lösten Beifallsstürme aus. Sie schienen unter unseren Füßen hervorzubrechen, aus dem Bauch der Erde. Brachten den Wind der Freiheit, frische Luft für unsere Lungen. Als die Menge sich schließlich in Bewegung setzte, bebte die Seele der Stadt. Schulter an Schulter zogen Männer und Frauen gemeinsam durch die Avenue Magloire-Ambroise. Anfangs hielt mich mein Vater an, auf dem Trottoir zu bleiben, um nicht von dem furchtbaren Strom fortgerissen zu werden. Doch bald trug er mich auf seinen Schultern, und wir ließen uns treiben, bahnten uns einen Weg durch das Gedränge. Ich spürte weder die Müdigkeit noch die sengende Sonne, weil es so schön war, mit ihm hier auf der Straße zu sein, inmitten der namenlosen Menge. Jahre später jedoch sollten mir die Menge und die Straße verwehrt bleiben.

Ohne dass es ihm bewusst war, hatte Anténor Bienaimé mir eine Lehre mit auf den Lebensweg gegeben. Die Lehre von Leidenschaft und Stolz. Diese Lektion war so beeindruckend, dass das kleine fünfjährige Mädchen spürte, wie es zum ersten Mal an bis dahin unbekannte Grenzen stieß; eine Lektion, die es damals nicht sofort begriff.

Manche meiner persönlichsten Erinnerungen verdichten sich an jenem Ort, andere ziehe ich aus den Muskeln, dem Schweiß und den Gesichtern jener Männer und Frauen. Ein Teil meiner Erinnerung ist bereits anonym wie ihr Blut, wie ihre Namen. Ohne zu wissen, dass ich sie eines Tages tanzen werde, beginne ich hier, mich für Dinge und Wesen zu interessieren, die außerhalb meines Lebens existieren. Dass die Meere der Welt durch meine Adern fließen werden. Dass ganze Völkerscharen mich besiedeln werden. Und dass aus mir, durch ihre Geheimnisse gestärkt, im Rampenlicht der Welt tausend Herzen, tausend Gesichter und ebenso viele Leben sprechen werden. Hier entsteht meine erste Choreografie, Schritte und Gesten vorgegeben von einem unbekannten Gott.

***

Wieder zu Hause angelangt, fanden wir alles schon vorbereitet. In zwei großen Vasen im Wohnzimmer hatte meine Mutter Paradiesvogelblumen arrangiert und den Esszimmertisch mit weißen und violetten Bougainvilleen dekoriert, auf der bestickten Tischdecke, die an großen Tagen zum Einsatz kam. Die Damen hatten schon im Haus Platz genommen, die Herren saßen draußen auf der Galerie. Die Gespräche der Frauen kreisten um Alltägliches: Kinderkrankheiten, die Hausangestellten, die Arroganz der besseren Leute, Seitensprünge der Ehemänner, die besten Kochrezepte und die wirksamsten Methoden zum Entkrausen der Haare.

Wohl wissend, dass sie nie im Gold schwimmen, geschweige denn weiß oder männlich sein würden, revanchierten sich die Damen der Schöpfung für diese vermeintlichen Schicksalsschläge mit ihrem Lachen, das, vom Rumpunsch nach Kräften unterstützt, Herz und Wände des Hauses erschütterte.

Spitz und schrill oder tief und klangvoll, ließ es sie ihre Bäuche halten und trieb ihnen Tränen in die Augen. Allen voran Madame Labard. Ihre libanesische Herkunft hatte Pierre Labard einen sozialen Abstieg beschert. Durch seine Heirat mit ihr war er aus der Reihe getanzt, hatte schlechten Geschmack bewiesen. Er stammte aus einer jener Familien der Mulatten-Bourgeoisie, die bei jeder sich bietenden Gelegenheit an den Vorfahren erinnerten, der angeblich die Unabhängigkeitserklärung unterzeichnet oder ausgedehnte Ländereien vererbt hatte und folglich als eine Art Bürgschaft und Qualitätssiegel diente. Wenn die Waffen für eine Weile schwiegen, begegneten sich in unserem Wohnzimmer Leute, die wie wir der Horde ehemaliger Sklaven zu entkommen suchten, und Leute wie die Labards, die nicht ganz zu den Nachfahren der Eroberer zählten. Nun sah sich Madame Labard dazu verdammt, die Kreise jener schwarzen Kleinbourgeoisie zu frequentieren, die zu stolz war, sie in ihre Reihen aufzunehmen. Um den Schmerz ihrer Wunden zu lindern, imitierte sie die Frauen der Bourgeoisie aus den reichen Vierteln der Stadt. Tante Édith, die jüngere Schwester meiner Mutter, flankiert von ihrem Ehemann Albert Garcin, einem Schönling der vornehmlich untätigen, geschwätzigen Art, mokierte sich darüber, wie blass doch die weißen Frauen waren. Während sie im Chor trügerische Lobeshymnen auf die Macht und den Ruhm ihrer Ehemänner sangen, verbarg Mademoiselle Claire hinter spöttischen Blicken ihre Verzweiflung und ihre Einsamkeit. Ihr würde die zärtliche Berührung auch nur eines einzigen von ihnen für immer verwehrt bleiben.

Je stärker die Zwänge, desto größer die Mengen an Gift und Galle, die sie ausgossen über das, was ihnen insgeheim als ein Glück erschien, ihnen jedoch auf ewig vorenthalten wurde. Ausgezehrte Sehnsüchte, schweigend erduldete Verwundungen, verknöcherte Träume, scharf wie kampferprobte Schwerter, die nur darauf warteten, dass man sie zückte, um die Welt eines Tages zu zerteilen wie eine reife Frucht. Der Klatsch der Frauen offenbarte für einen Augenblick den wahren Grund ihres Unglücks, und so schlossen sie sich zusammen im Bemühen, einander zu schützen, knüpften aus ihren Worten engmaschige Netze. Als wollten sie einen Moment lang all die Damen und Herren gefangen halten, denen Glück beschieden war, während sie selbst leer ausgingen. So hatte jener 21. August auch keinen Einfluss auf ihre alltäglichen Sorgen und Nöte. Für die einen nichts als ein weiterer Sommertag, außergewöhnlich träge nur unter dem Gewicht der wenigen Stunden, kostbar wie Gold für die anderen.

Worüber die Männer sprachen, will ich hier nicht Wort für Wort wiedergeben, sondern nur in groben Zügen skizzieren. Mir gefiel der raue Ton. Ich war damals noch das kleine

Mädchen, das ungestraft auf Vaters Schoß sitzen durfte und nicht gezwungen wurde, sich bei den Damen und ihrem Geplapper aufzuhalten. Die Männer der Insel waren die stärksten, davon war ich felsenfest überzeugt. Alle trugen sie Dreiteiler, Anzug mit Weste, und Filzhut, in der sengenden Tropenhitze. Vor allem aber gefielen mir ihre großen Bekundungen: »Wie Plato schon sagte …«, »Ich für meinen Teil …«, oder: »Bereits Bossuet vertrat in seinen Predigten die Ansicht …« Ich erinnere mich an den lebhaften, kantigen Mann, der später, zu Beginn der Sechzigerjahre, in den Sümpfen hinter Gefängnismauern verschwinden sollte. Er fingerte in seinem Jackett nach seiner Brieftasche, öffnete sie und entnahm ihr triumphierend eine kurze Mitteilung. Die las er vor, jedes Wort betonend:

Port-au-Prince, den 25. Februar 1930
An General John H. Russell
In seiner Residenz

Monsieur,
auf Ihre befremdliche Aufforderung antworte ich Folgendes:
Nämlich, dass kein einziger Haitianer, der dieses Namens würdig ist, sich bereit finden würde, den Hochkommissar aufzusuchen, angesichts der tragischen Ereignisse des …

Unter dem Beifall der Anwesenden las er weiter, von der grausamen Hinrichtung derer, die sich der Besatzung durch die Yankees widersetzt hatten, Charlemagne Péralte, Benoît Batraville, die Guerilla der Cacos und die aus Marchaterre.

Die erste amerikanische Besatzung hatte ein verwundetes Land zurückgelassen. Doch in seinen mannhaften Worten, groß und stark, fand ich kein Anzeichen von Verwundbarkeit. Nicht die Verletzlichkeit einer Epoche, der anderen Hälfte der Welt. Lange noch blieben mir das Bild jenes Tages und die Männer der Insel im Gedächtnis, Männer wie Krieger einer fernen und starken Rasse, bewehrt mit Pfeil und Bogen und Schwert, und nicht einen Augenblick wäre mir in den Sinn gekommen, dass sie schwach werden oder auch nur in die Knie gehen würden, um den Saum einer Robe, gar eine Fessel zu küssen, geschweige denn Verrat üben, mangelnden Mut beweisen oder mit dem Gesicht im Staub enden könnten.

6

Auch und vor allem war da meine Mutter. Doch wie meine Mutter in Worte fassen? Ein Schritt in meine Kindheit genügt, und ich stehe wieder mitten in ihrem Licht. Bis in meine Jugend strahlen ihre Augen lebhaft, das Leuchten erlischt erst später, infolge all der Wunden, die ihr die Ehe beibrachte. Ich liebte ihre Stimme, die mir die ganze Erde buchstabierte, Bäume, Tiere, Flüsse, und die sich verlor in der Stille der karibischen Abenddämmerung, die so plötzlich kommt und geht. Ihre Stimme war kräftig im Vergleich zu ihrem zerbrechlichen Körper, und wenn sie mich zwang, noch außer Atem vom Spielen im Garten, die ersten Buchstaben des Alphabets zu entziffern oder Märchen anzuhören oder

Geschichten aus der Bibel, sprach sie noch lauter. Die Worte zeichneten Karten unbekannter Länder, fern von meiner Insel aus Salz und Wasser, fern von den Inselbergen, die aus der Landschaft ragten wie mein rebellisches Haar, weit weg von Malice und seinen Tricks, von Thézins Notenblättern, fern von tanzenden Göttern und von unseren Toten, die nie tot sind. Das begriff ich später, doch was machte das schon, die Worte hatten von meinem nackten Herzen Besitz ergriffen, hatten Blätter aufgewirbelt, Feuer entfacht, Kräfte geweckt. Und das war das Wichtigste, selbst wenn ich oft von eingekerkerten Königstöchtern träumte, von Hexen auf ihren Besen, von Feen und artigen kleinen Mädchen. Auch die fabelhaften Bibelgeschichten des Alten Testaments gefielen mir sehr. Die einen, weil sie mir Angst machten, wie die Geschichte von der Sintflut, in der Regen fällt, vierzig Tage lang, ununterbrochen, und alle Menschen fortreißt und nur Noah und seine Familie verschont. Die anderen, weil sie mich begeisterten, und ich lauschte ihnen mit leuchtenden Augen: Daniel, der unversehrt aus der Löwengrube steigt, Jonas, der im Bauch eines Wals drei Tage lang Schutz findet, bevor er wieder an Land geworfen wird. Da sie wusste, wie sehr ich diese Geschichten mochte, hob meine Mutter sie auf, um mich zu belohnen, wenn ich komplizierte Silben entziffert oder schwierige Buchstaben geschrieben hatte. Sehr früh schon gaben mir Worte alles: eine Welt, wahrer als die Wirklichkeit. Eine Welt, unerschöpflich, endlos wie der Horizont für Fischer und Seefahrer.

»Setz dich her und hör mir zu. Heute lernen wir den Buchstaben ›g‹, der ist nicht ganz einfach.«

Ich türmte zwei Kissen auf einen Verandastuhl und rückte ihn noch näher an den Tisch. Während meine kurzen Beine in der Luft baumelten, wartete ich darauf, dass meine Mutter sich zu mir beugen, einen Buchstaben vorzeichnen und dann meine Hand führen würde, damit ich ihn selbst nachzeichnete. Ich weiß noch, dass ich ihn am selben Nachmittag lernte, um meiner Mutter eine Freude zu machen, und vor allem, weil ich fürchtete, sie könnte mir sonst meine Geschichte vorenthalten. An jenem Tag lernte ich außer dem Buchstaben »g« auch eine Stadt mit Namen Jericho kennen, deren Mauern einstürzten, weil jemand Trompete gespielt und Leute tagelang um sie herumgetanzt waren.

Was wäre meine Mutter ohne ihre Musik? Ihr Klavier war der einzige Luxus, den sie sich leistete, ihr einziger unnachgiebig durchgesetzter Wunsch. Eine Virtuosin war sie nicht, doch sie flüchtete sich oft in ihre Noten, ihre Gedanken scheinbar entführt von den in Feuer getauchten Wolken am Nachmittagshimmel. Das Klavier stand wie ein Rassepferd mitten in unserem kleinbürgerlichen Wohnzimmer in den Tropen. Wenn sie besonders guter Laune war, legte meine Mutter eine Schallplatte auf und drehte die Kurbel des Grammofons, oder sie summte bekannte Lieder vor sich hin. Und dann tanzten wir gemeinsam.

Zweifellos entstand meine Liebe zum Tanz im blauorangefarbenen Licht karibischer Nachmittage. Fern aller häuslichen und ehelichen Pflichten verlor meine Mutter für wenige Augenblicke den Faden der Frau, die sie zu sein hatte, lächelte schelmisch, wie ein junges Mädchen, das ausreißt, als sei sie für solche Dinge schon zu alt. Wenn der Tanz zu

Ende war, verscheuchte sie all die aufrührerischen, wirren Gedanken mit einer Handbewegung und nahm wieder ihren Platz in der Gesellschaft ein, eine Frau der Mittelschicht, eine Durchschnittsbürgerin.

Abends kämmte sie mir lange mein Haar, mit einer Mischung aus Bergamotte und Rizinusöl, um die Locken zu bändigen, und flocht meine Kräuselmähne zu kleinen Zöpfen. Sie kämmte mich lange, denn, so sagte sie, das Haar sei die schönste Zierde der Frau. Das waren die einzigen Worte, die zwischen uns zum Thema Weiblichkeit fielen. Andere Worte fanden wir nie. Als ich alt genug war, um mir meine Bücher selbst auszusuchen und mich selbst zu kämmen, hörten wir auf, miteinander zu reden. Wirklich miteinander zu reden, meine ich. Für meine Mutter war Weiblichkeit selbstverständlich. Wohl temperiert hatte sie zu sein. Nicht so freizügig wie die der Frauen der Bourgeoisie, die meine Mutter für unkeusch und wollüstig hielt. Und nicht so heiß wie die der tiefschwarzen Negerinnen in den Elendsvierteln der Stadt, von denen meine Mutter hinter vorgehaltener Hand sagte, sie wiegten sich in den Hüften und böten ihr Geschlecht einfach schamlos feil. Dass sie mir mit ihrem »weder zu viel des einen noch zu viel des anderen« manchmal so heftig wie mit einem Faustschlag oder einem Hieb mit der Peitsche den Befehl gab, meine Quellen sprudeln, Blumen erblühen und meine Wasserfälle sprühen zu lassen, war ihr wohl nie recht bewusst. Woher der Befehl kam? Das wusste ich selbst nicht. Ich werde meine Mutter nie bitten, es zu verstehen. Ich würde es ihr nie erklären. Selbst ich verstand es ja nicht. Es war unverständlich, und so blieb es eben.

Noch heute hätte ich gern alles aus der Kindheit für mich bewahrt, ihre sanfte Stimme, ihre warmen Hände auf meiner Wange, ihr nach Zitronenkraut duftendes Kleid, das streng im Nacken geknotete Haar, die Wimpern, die ihren Blick so sanft machten, und vor allem die Zeit vor der Stille, vor unserem Schweigen.

7

Diese Stille füllte Man Bo, meine Hüterin, nach Belieben und schonungslos mit Worten, die munter aus ihr herauspurzelten und dabei geräuschvoll zusammenstießen. Ich habe die Szene jenes Nachmittags im April noch vor Augen. Eine enorme Fleischmasse, die links und rechts über den kleinen Stuhl quoll, auf dem sie saß. Meine Eltern waren schon vor einer Stunde vom Tisch aufgestanden, doch sie mühte sich, mir das Essen einzuverleiben, das noch immer auf meinem Teller lag: Ziegenlamm in Sauce, Reis mit roten Bohnen, grüne Bananen und gekochte Karotten.

»Hör zu, ich werde hier nicht den ganzen Nachmittag sitzen und dir dabei zuschauen, wie du dich wichtig tust …«

Ich aber hatte im Stillen bereits entschieden: Die grünen Bananen würde ich nicht essen, vom Ziegenfleisch würde ich das Fett abmachen, die Karotten würde ich beiseite schieben, und die roten Bohnen im Reis würde ich möglichst meiden. Meine Folterqualen, die ich auch Man Bo nicht ersparte, gehörten inzwischen zu den festen Ritualen unseres häuslichen Alltags.

»Na los, nun iss doch, worauf wartest du«, drängte sie, wischte sich den Schweiß von der Stirn und verscheuchte mit einem Geschirrtuch die Fliegen, die über meinem Teller ihre Kreise zogen.

»Bitte noch einen Schluck Wasser, Man Bo.«

Sie schlurfte in die Küche. Das gab mir die Gelegenheit, zwei Stückchen Banane und ein paar Karottenstücke in ein kleines Loch zu schieben, das ich in den Holzboden unter dem Tisch gebohrt hatte. Man Bo kam mit einem Glas Wasser aus der Küche zurück, ich trank es mit gierigen Schlücken in einem Zug leer und schob noch drei Bissen Reis hinterher. Dann schaute ich auf die alte Uhr in der Küche. Es war fast drei Uhr. Weil Man Bo es satt hatte, erlöste sie uns beide immer um diese Zeit von unserer Qual. Kaum hatte die Uhr leise drei geschlagen, kam Man Bo an den Tisch, wischte sich unterwegs die Hände an ihrer Schürze ab. Sie räumte meinen Teller beiseite, schüttelte die Tischdecke kräftig aus und hob den Rest Essen auf für Man Lolo, eine alte Bettlerin. Während Man Lolo ihr Gesellschaft leistete, spülte Man Bo das Geschirr und stellte es zum Trocknen in einen großen Weidenkorb. Man Lolo war auf einem Auge blind und hinkte. Und noch bevor man das wirre Zeug hören konnte, das sie ständig von sich gab, Worte ohne Hand und Fuß, die zwischen ihren Zähnen wie geknackte Nüsse zerfielen, eilte der Geruch ihrer Armut ihr voraus. Beißend, schwer. Ich flüchtete, sobald sie näher kam, und sah ihr im Schutz der Fensterläden dabei zu, wie sie mit dreckigen Fingern ihr Essen verschlang, schmutzig gekleidet, einäugig, der Mund fast zahnlos. Und sonntags, wenn ich die Beinamputierten, die Leprakranken und Blinden am Eingang zur Kirche sah, drängte ich mich dicht an meinen Vater, denn ich war fest überzeugt, dass sie Kinder stahlen, um sie in den Bayahondebäumen oder im nächsten Gebüsch zu verschlingen. Man Lolo führte mir erstmals im Leben Armut vor Augen. Echte Armut. Armut, die seit Menschengedenken ausweglos ist und die den einen als das Gesetz der Welt, den anderen als Beweis dafür gilt, dass es Gott nicht gibt. Sie war ein Abbild dessen, was jenseits der Mauern geschah, jenseits meiner frommen Kindheit in Spitzenkleidchen. Ein Bild, das mich oft bis in den Schlaf hinein verfolgte.

Unser Hinterhof war Man Bos Reich. Hier kamen die Straßenverkäuferinnen regelmäßig vorbei, jede mit ihrem Korb auf dem Kopf, und boten Süßkartoffeln, süße Pampelmusen oder Okraschoten, Calalou zum Kauf. Und all die anderen Dinge, nach denen das Land riecht und schmeckt. Ich saß Samstag für Samstag auf einem kleinen Hocker und verfolgte Man Bos endlose Verhandlungen. Immer bot sie zunächst ein Drittel des geforderten Preises, protestierte, wenn die eine oder andere ihr Angebot nicht annehmen wollte, wandte sich ab und tat, als müsse sie sich wichtigeren Geschäften widmen. Sofort, und mit vorwurfsvollem Unterton, fingen die Verkäuferinnen an zu lamentieren; dann begannen die Verhandlungen aufs Neue, und es wurde so lange gefeilscht, bis man sich handelseins war, meist etwa bei der Hälfte des anfangs genannten Preises. Alle Hausangestellten des Viertels trafen sich gerne in unserem Hinterhof, zu Klatsch und Tratsch, den sie durch Gelächter und viel sagende Seufzer noch unterstrichen. Nur Mérilien, der für die Labards arbeitete, war nicht willkommen, weil Man Bo ihn verdächtigte, Essen mit der linken Hand zu servieren und sich nachts in eine Katze zu verwandeln. Forderte man Beweise von ihr, so begnügte sie sich mit zwei unterschiedlich stark betonten Knurrern: »Hm-hhmmmm«. Das hieß so viel wie: Mérilien hat noch nie einen Fuß über die Schwelle dieses Hauses gesetzt. Im Hinterhof wurden auch alle zwei Tage die Kühe gemolken, Man Bo röstete dort Kaffeebohnen, die sie später in einem Mörser zerrieb, und sie ließ dort Hühner und Ziegen schlachten. Mit meinen sieben Jahren erschien mir dieser Garten dicht und üppig, von tausend Gerüchen erfüllt, so wild und unbändig wie Amazonien oder wie alle Urwälder Afrikas. Und ich glaubte lange, dort schlüge das heiße, unergründliche Herz der Welt. Sonntags, wenn ich gestärkte Rüschenkleidchen trug, war mir der Garten verboten, ich durfte nicht zwischen den Zitronenbäumen herumspringen und durfte mir im Schatten des Mandel- oder des Mangobaums auch keine Spiele ausdenken. Doch wann immer ich die Erlaubnis bekam, in diesem Garten auf Entdeckungsreise zu gehen, zog ich zuerst meine Schuhe aus. Die Erde war an manchen Stellen weich, ich spürte den Schlamm unter meinen nackten Füßen und hatte das Gefühl, ich könnte hier Wurzeln schlagen, ein Baum werden. Nichts konnte mir den Spaß an dieser Erde, an ihrem Geschmack, ihrem heftigen Atem verderben, weder das noch glühende Stück Kohle, auf das ich eines Tages aus Versehen getreten war, noch die Splitter und Dornen, die ich mir eintrat. Und heute, am Ende meines Lebens, weiß ich, dass sich dort, in diesem kleinen Quadrat aus weicher Erde, meine stille Treue hält. Schmucklos, ohne große Worte, ohne Fahne.

Der Hinterhof war das genaue Gegenstück zu unserem Vorgarten: eine Hibiskusallee, symmetrische Geranienbeete, Töpfe mit Flamingoblumen, majestätische Philodendren und streng in Form geschnittene Sträucher. Im Hinterhof konnte ich tun und lassen, was ich wollte, war fast völlig frei von den Zwängen und aufgesetzten Regeln, die im Haus herrschten. Mit meinen sieben Jahren sah ich in unserem Hinterhof die Kehrseite meiner Welt. Einer behüteten Welt ohne Gegensätze, ohne Widersprüche. Vielleicht erkannte ich ja das, und nur das, bereits als die andere Seite der Welt: tun und lassen können, was Spaß macht, und dabei man selbst sein.

Von Man Bos nackten Füßen war die Schwelle zu ihrem Zimmer am Ende des Hofes ganz abgewetzt, hatte Patina angesetzt wie eine alte Münze. Man Bo saß gerne im Schatten des Korossol- oder des Mandelbaums vor ihrer Tür. Dann summte sie ein trauriges Lied, wiegte sanft im Takt dazu ihre Gedanken und ihre Bitternis und fand innerhalb von Sekunden zur Seelenruhe des Traums. Man Bo besaß nur einfache Dinge, doch die führten in der feuchten Stille ihres Zimmers, das nach Schimmel und nach verdorbenem Essen roch, ein intensives Leben. Auf einem Regal, aus Latten gezimmert, die sie Gott weiß wo aufgetrieben hatte, stand ein rechteckiger Spiegel, dem eine Ecke fehlte. Der einzige Wandschmuck bestand aus zwei Kalendern, die schon zwei oder drei Jahre alt waren. Man Bo hatte sie wohl behalten, weil auf dem einen das Bild vom Heiligsten Herzen Jesu zu sehen war, der das Gewand hob und seine durchbohrte Brust sehen ließ. Auf dem anderen prangte der Erzengel Gabriel, hoch zu Ross und im Triumph über gefährliche Schlangenbrut. Etwas entfernt, auf einem Regalbrett über zwei Steinen, erkannte ich angeschlagene Tassen wieder, die meine Mutter im Jahr zuvor ausrangiert hatte. Über Man Bos Bett hing zwischen einem geweihten Zweig und einem Skapulier ein Bild der Heiligen Mutter Gottes, der Schutzpatronin für alle hoffnungslosen Fälle. Man Bo war überzeugt, dass es wahre Wunder vollbrachte, und wenn ich krank war, tupfte sie mir die Stirn damit, um meinen Schnupfen zu lindern oder mein Fieber zu senken, kaum dass meine Mutter ihr den Rücken kehrte: »Ihr Stadtmenschen habt ja keine Ahnung. Das Böse existiert.«

Wenn sie sah, dass ich Kurs auf ihr Zimmer nahm, schimpfte sie vor sich hin und befahl mir unverzüglich, mich auf ihr Bett zu setzen und mich nicht mehr vom Fleck zu rühren. Unter dem Bett, das übel nach altem Urin roch, entdeckte ich eines Tages eine bunt gemusterte Flasche und wollte von Man Bo wissen, wozu sie gut sei; seitdem blieb mir der Zutritt zu ihrem Zimmer für immer verwehrt. Zwei Worte gab Man Bo mir zur Antwort, kurz und trocken: *»Dehors pitit«,* dann verfrachtete sie mich in einen geflochtenen Stuhl draußen vor ihrem Zimmer: »*Chita la,* da bleibst du jetzt sitzen und rührst dich nicht vom Fleck.«

8

»Bitte, Man Bo, noch eine Geschichte, bitte.«

»Jetzt nicht, es ist noch zu früh am Tag. Irgendwann brockst du uns einen Fluch ein, du, und bringst einen echten *madichon* über unser Haus.«

Wie oft hatte ich diesen Satz aus ihrem Mund schon gehört? Man Bo fürchtete vor allem die unvorhersehbaren Strafen Gottes, auch die der Geister und Halbgötter, der *lwas vaudou,* und die der Heiligen. Folglich verbrachte sie den größten Teil ihrer freien Zeit mit Fürbitten an die Heiligen oder mit Novenen für die Mutter Gottes. Sie betete zum heiligen Josef, damit Onkel Héraclès seine Prüfungen bestand, zum heiligen Antonius, damit meine Mutter einen im Haus verlegten Gegenstand wieder fand, und zur heiligen Anna, damit mein Vater nicht krank wurde. Ihre geheimsten Wünsche richtete sie an die *lwas,* und in schier hoffnungslosen allgemeinen Fällen wandte sie sich an Gott.

»Wie wärs, wenn du in der Zwischenzeit deine Nase klammerst?«

»Das tut doch so weh, Man Bo.«

»Willst du nun eine schöne schlanke Nase haben oder nicht? Und eines Tages einen gut aussehenden Mann heiraten, vielleicht sogar einen Weißen, wenn du Glück hast?«

Mein Wunsch nach einer Geschichte war so groß, dass ich mich in mein Schicksal fügte, die Wäscheklammer nahm und damit meine Nase zusammenpresste. Ich bekam schlecht Luft und hatte obendrein Schmerzen. Aber ich konnte nicht anders, ich war begierig auf Man Bos raue, zärtlich gemeinte und zugleich tückische Wortspielereien. Wie oft waren wir ihr alle schon in die Falle gegangen, leichte Beute für sie. Denn Man Bo tat vor allem eines: Sie sprach aus, was andere nur insgeheim dachten, fand Worte, um Dinge zu benennen, die verhängnisvoll miteinander verbunden waren, erklärte, wie viel Milch kaffeebrauner Teint vertrug, welches Haar schlecht, weil zu stark gekräuselt war, welche Männer man fangen konnte wie gefräßige Fliegen, weil ihre Gier ihnen zum Verhängnis wurde, und auch das liebe Geld ließ sie nicht unerwähnt. Vor allem aber zog Man Bo eine sehr klare Grenze zwischen Männern und Frauen, eine Art Demarkationslinie zwischen zwei gegnerischen Lagern. Frauen hatten auf eine bestimmte Art zu gehen, zu reden und zu lachen, Männer auf eine andere. Sogar das Essen verteilte Man Bo seinen Eigenschaften entsprechend. Wir, Mama, sie und ich, hatten Anspruch auf *mirliton,* Kürbis, grünen Salat und Minze, die Onkel Héraclès und mein Vater nicht essen durften. Nicht ein Einwand hielt Man Bos oberstem Argument je stand: »Das sind Speisen mit kühlender Wirkung.« Nachdem sie so die Unterschiede zwischen den Geschlechtern ein für alle Mal auf eine simple Frage der Thermik reduziert hatte, duldete sie keinen weiteren Widerspruch.

Man Bo summte ein altes Lied über die Vergänglichkeit des Lebens vor sich hin, lehnte ihren Schaukelstuhl an den Stamm des Korossolbaums und ging einen Korb mit Gemüse holen. Ich schaute ihr dabei zu und fand sie alt. Auch wenn ich nicht recht ermessen konnte, was alt sein hieß; ihr Körper, Fleisch, an dem die Zeit gezehrt hatte, Haut, von Jahren gezeichnet, über einem Skelett, das im Alleingang einen letzten Kampf ausfechten wollte. Man Bo sank in ihren Schaukelstuhl, schloss mit knorrigen Fingern den obersten Knopf ihrer Bluse und zog den Knoten ihres Kopftuchs fest. Nun war sie, von den Schultern bis hinab zu ihrem Rocksaum, völlig konturlos. Ihre gewaltigen Brüste ruhten auf ihrem dicken Bauch, der ihre Taille im Laufe der Jahre vereinnahmt hatte. Ich ging zu ihr und gab ihr einen Kuss. Ihre einzige Reaktion bestand darin, dass sie für wenige Sekunden ihr Liedchen unterbrach. Und um jeden Gefühlsausbruch für mich im Keim zu ersticken, schließlich war ich die Tochter des Hausherrn, sagte sie fast barsch zu mir: »Komm, hilf mir lieber.«

In ihre Schürze leerte sie einen Korb Erbsen. Wir schälten sie gemeinsam, schweigend. Es schien mir ewig zu dauern.

»Einst …«

Nun hatte Man Bo zu erzählen begonnen, ohne mich darauf einzustimmen. Es wurde langsam Abend. Der Horizont färbte sich langsam orangeviolett. Man Bo hob den Kopf und sah mich an, ihr Gesicht war plötzlich geheimnisvoll, unergründlich. Sie schien die Worte für ihre Geschichte aus weiter Ferne schöpfen zu wollen. Sekundenlang schloss sie die Lider, und ich nahm nur ihre Lippen wahr. Sie allein schienen lebendig. Dann öffnete sie die Augen, einen Spalt breit nur, als sei sie noch geblendet vom Licht, das sie in der Ferne gesehen hatte. Die Nase in der Wäscheklammer gefangen, die Ellenbogen auf die Knie, das Gesicht in beide Hände gestützt, hörte ich ihr dabei zu, wie sie leise einen Stern nach dem anderen in mir zum Leuchten brachte: »Einst, *nan tan lontan,* ritt, unweit vom Fluss Artibonite, des Nachts eine Frau mit langem, sonnengelbem Haar auf einem stattlichen Schimmel durch La Hatte-Desdunes, klatap, klatap. Die Frau, die seit den haitianischen Kriegen eine ganze Armee befehligte. Wehe dem, der ihren Weg kreuzte und die Parole nicht kannte. Ihr Zorn konnte fürchterlich sein. Eines Tages …«

Ich hörte Man Bo so aufmerksam zu, dass ich den Schmerz an der Nase und auch Hunger und Durst fast vergaß. Doch nach einer guten Viertelstunde brach Man Bo ihre Erzählung so plötzlich ab wie ein Tier, das sich jäh aufbäumt. Sie hob den Blick, sah den Himmel an: »Du wirst bald heimgehen müssen. Es dämmert schon. Die Geschichte erzähle ich dir morgen zu Ende, so Gott will. Und außerdem haben deine Eltern Recht. Du gehörst nicht hierher.«

Ich hatte größte Lust zu protestieren, doch Man Bos Blick belehrte mich sofort eines Besseren. Ich nahm die Wäscheklammer von der Nase und lief zum Haus. Meine Mutter stand an der Esszimmertür und erwartete mich schon. Man Bo mochte es nicht, wenn ich mich nach Einbruch der Dunkelheit noch im Hof aufhielt. Man Bo mochte die Nacht nicht. »Wer die Nacht nicht kennt, für den ist sie bedrohlich«, erklärte sie mir. »Alle, die nicht am helllichten Tag leben können wie wir, Banden, Geheimbünde, Zombies, die im Gänsemarsch umherziehen, Tote, auf ewig verdammt, in junge Ziegen oder Schweine verwandelte Menschen, alle irren sie nachts durch die Straßen, kauern im Zwielicht, lauern in jedem Gebüsch.«

Man Bo stopfte stets Watte oder Stoffreste in die Ritzen der einzigen Tür und der beiden Fenster ihres Zimmers, aus Furcht vor schädlicher Nachtluft. Man Bo atmete nachts kaum.

9

In Breitengraden, in denen das Thermometer nie unter fünfundzwanzig Grad Celsius sank, trugen die Demoiselles Védin, zwei Schwestern, ausnahmslos lange, graue Kleider mit langen Ärmeln, die ihre Arme verbargen. Ihre Seelen waren genauso traurig grau. Soweit ich mich erinnern kann, habe ich sie nie lächeln sehen, nicht ein einziges Mal. Wann immer sie eine Gelegenheit witterten, eine von uns zu tadeln, zu strafen oder mit dem Lineal auf die Finger zu schlagen, schwoll ihnen die Brust vor Gemeinheit, die in ihren Augen aufblitzte und ihre Seelen mit blindwütiger Schadenfreude erfüllte.

Als meine Eltern mich am ersten Schultag am Schultor zurückließen, fühlte ich mich zum ersten Mal in meinem Leben einsam und verlassen, doch ich tat ungerührt, spielte die Angeberin. Zwanzig kleine Mädchen waren wir damals, die über den Schulhof gingen, in neuen Schnürstiefeletten und blau-weiß karierten Uniformen. Einige von uns zitterten vor Angst. Andere weinten bitterlich. Ich aber starrte auf eine unsichtbare Wand in der Ferne, um mir Mut zu machen, und sprach kein Wort. Sehr früh schon war Schweigen mein wichtigster Zufluchtsort, zugleich meine erste Waffe und ein Trost spendender Schlupfwinkel. Es machte mir Spaß, mich in mein Schweigen zurückzuziehen wie in eine Festung, und ich war sicher, dass die Abwesenheit, der vorübergehende Tod der Wörter mir Schutz bot.

An jenem ersten Schultag kam die jüngere der Demoiselles Védin auf uns zu. Sie hielt einen langen Rohrstock in der Hand und sah hässlich aus, wie ein Raubvogel. Mit ihrer rauen, schrillen Stimme krächzte sie uns an: »Aufstellen, Mesdemoiselles, in Zweierreihen. Sie sind schließlich hier, um vom Besten zu kosten, was die Zivilisation zu bieten hat.«

Laut und deutlich hörte ich jede einzelne Silbe. Die Wörter zischten ihr durch die Zähne. Allein dieser Satz offenbarte die Mühsal, zu der sich die beiden alten Jungfern seit Jahren zwangen: Aus uns jungen Negerinnen sollten farbige kleine Französinnen werden, die Frankreich gehörten, der alten, fernen Metropole. Doch für mich hatten schon damals Wörter weder Heimat noch Fahne. Man Bos Wörter, Afrika nahe, die Wörter meiner Mutter und die aus meinen Büchern gefielen mir alle gleich gut. Und viele Jahre später fragte ich mich, warum die Védins mich nicht einfach all meine Verwandtschaften hatten leben lassen, zwanglos und ohne Bevorzugung? Warum hatten sie so viel Mühe darauf verwandt, mich in ein amputiertes und überdies schlecht kopiertes Leben zu zwängen? Wie wir alle waren auch die Demoiselles Védin afrikanischer Herkunft, doch für sie war das ein Grund für Hass und Selbstverachtung, die sie auf uns zu übertragen gedachten, weil sie die Last nicht alleine schultern mochten. Den Mädchen mit hellerer Haut und weniger krausem Haar, die zwar auch, doch nicht ausschließlich afrikanische Vorfahren hatten, widmeten sie im Übrigen mehr Aufmerksamkeit; sie wurden häufiger gehätschelt und belohnt als die anderen. Anders gesagt: Die Demoiselles Védin hassten sich selbst; der lebenswichtige Halt, den die Eigenliebe gab, blieb ihnen verwehrt. Auch uns Mädchen liebten sie nicht, und wir vergalten es ihnen. Mit dem Ergebnis, dass es unter uns nur sehr wenige gab, die sich selbst wirklich liebten. Wirklich, meine ich. Wie hätten wir liebevoll miteinander umgehen können? Solidarisch waren wir allein in unserer großen Niederlage, die wir nicht in Worte zu fassen vermochten.

Ich schaute das Mädchen neben mir an und sah, dass sie ihr neues Kleid und ihre weißen Söckchen schon nass gemacht hatte. Doch als die Lehrerin ihr befahl, aus der Reihe zu treten, rührte sie sich nicht.

»Was haben Sie dazu zu sagen?«

Das Kind gab keine Antwort. Es starrte die graue Dame an, mit Tränen in den Augen.

»Senken Sie den Blick, Mademoiselle.«

Die Stille schien kein Ende zu nehmen. Ich wollte verhindern, dass sie weiter um sich griff, wollte schreien oder laut schimpfen. Das kleine Mädchen sollte nicht schwach werden. Ich wollte, dass sie diesen gemeinen Wanzen die Stirn bot. Unser Sieg, wenn sie zuerst sprechen würden. »Haben Sie nicht gehört, sie freches Ding! In die Ecke mit Ihnen! Das fängt ja gut an.«

Sekunden später stellte ich mich zu ihr in die Ecke, war ihre Zwillingsschwester. Bei den Schwestern Védin habe ich mich nie entschuldigt. Ich brachte es einfach nicht übers Herz, konnte nicht anders. Ich war klein, sie waren groß. Ich konnte ihnen allein mein Schweigen entgegensetzen, also schwieg ich. Als die Menschenfresserin schließlich auf mich zukam, machte auch ich mir in die Hose. Vor Wut. Auch aus Angst. Angst vor den Védins, vor der Zivilisation, mit der ich lange Zeit die Vorstellung von eisiger Gemeinheit und die

Erinnerung an meine nasse Uniformhose und nassen Söckchen verband. Jener erste Schultag hinterließ die erste Falte auf meiner Seele, als sei meine Kindheit zu früh auf die dunklen Pfade des Alters abgedrängt worden. Seit dieser Zeit schlief ich abends immer schneller ein, wartete nicht mehr wie früher mit offenen Augen auf die Engel, die vorbeikommen würden.

Später, als die Schule uns vertrauter war, tauchten Thérèse Brévil und ich, ob auf den Bänken im Garten oder auf der Treppe am Haupteingang, immer gemeinsam auf. Wir teilten Geheimnisse miteinander, plauderten über alles und nichts, lachten aus vollem Herzen. Drei Jahre lang blieb ich bei den Demoiselles Védin, steckte Peitschenhiebe und Beleidigungen ein und erwarb rudimentäre Kenntnisse in Orthografie, Geografie und Grammatik; im Grunde nur wenige Dinge, die mich meiner Heimat näher gebracht hätten. Vor allem aber begriff ich sehr früh, dass sich hinter all den Wortlawinen eine andere Geschichte verbarg, die wahre Geschichte von Siegern und Verlierern, von Eroberern und Unterlegenen aus allen Lagern, die Geschichte, in der Liebe und Hass, Gut und Böse oftmals dasselbe Gesicht trugen. Und schließlich lernte ich dort eine zweite Gesellschaft kennen, anders als die meiner Eltern, und in ihr bildete ich vor allem meinen Charakter.

Drei Häuserblocks lagen zwischen meinem Elternhaus und der Schule. Ich war noch sehr unerfahren, wusste weder, was das Leben ausmachte, noch wie die Menschen jenseits meiner Mauern lebten. Dort war eine Welt aus einfachen Linien, rasch skizziert und meist ebenso schnell wieder verflogen, noch bevor ich ihr Konturen oder gar eine feste Form geben konnte. Eine Schule war für mich auch die Straße, jene drei, vier Straßenzüge, die ich täglich durchquerte. Lärmige, bunte Straßen, die schließlich still und leise, fast versehentlich, an unseren Gärten endeten, in Hibisken und Bougainvilleen. Heimlich, ohne ihr Wissen, stahl ich diesen Straßen ihre Musik, ihre Kämpfe, Auge um Auge, Zahn um Zahn ausgefochten, stahl ihnen die Stimmen ihres Alltags und ihre ungebrochene Lebenskraft. All die Dinge, die ich nicht kannte und die ich unwillkürlich herbeirief. Tag für Tag gab ich Gefühlen, Bildern, Gerüchen und Geräuschen Namen. So lange, bis ich jene Welt schließlich im Blut hatte.

10

»Na, was macht die Schule?«

Ich antwortete meinem Vater nicht. Er ließ die Zeitung sinken und lächelte, als ich auf ihn zukam. Ich wartete mit Absicht darauf, dass er seine Frage erstaunt wiederholen würde.

»Na, was ist mit der Schule? Hat es dir die Sprache verschlagen? Was fehlt dir denn?«

Er gab mir einen Kuss auf die Stirn, nahm mich bei den Schultern und setzte mich auf seinen Schoß. Meine Antwort ließ noch immer auf sich warten. Einmal mehr hatte ich beschlossen, zunächst zu schweigen. Mein Schweigen brachte andere oft nahe daran, mir ein paar kräftige Hiebe zu versetzen, wie einem Esel. Und endlich, meine Tränen kullerten schon, gestand ich ihm, dass ich weder die Schule mochte, noch die Damen in Grau.

Wortlos runzelte mein Vater die Stirn. Er war überrascht, ja so bestürzt, dass ich Angst bekam, fürchtete, er hätte mich nicht mehr lieb. Ich sah ihn unverwandt an, wollte ergründen, ob sein Blick, der auf mir brannte wie Alkohol in einer offenen Wunde, enttäuschte Liebe verriet oder nur seine Macht demonstrierte. Als er mir schließlich die Hand auf die Schulter legte, schloss ich daraus, erleichtert, dass er mich trotz der unerwarteten Unordnung, die durch mein Schweigen entstanden war, wohl doch noch lieb hatte. So lieb wie an jenem 21. August, an dem er es mir fast auch gesagt hätte.

Die Worte fanden nicht sofort ihren Weg zu seinen Lippen. Dazu war seine Bestürzung zu groß. Sie allein nahm allen Raum in ihm ein. Ich sah meinen Vater, hatte ihn für Sekunden als glühendes Bild vor Augen, als Feuerfleck. Schweigend sah er mich an, ohne mich zu sehen, denn sein Blick galt anderen Gesichtern, die er sich kurz ins Gedächtnis gerufen hatte, Vater, Großvater, Urgroßvater und dessen Vorväter. Seine Bildung gab ihm das Gefühl, die Armut abgeschüttelt zu haben: der Vater Kleinhändler auf dem Land, der Großvater Bauer, dessen Vorfahren Sklaven auf den Plantagen der Kolonialherren. Auch dem Vergessen war er entronnen, diesem Vergessen, das von alters her wie ein undurchdringlicher Schleier über ihnen lag. Sang- und klanglos gestorben, nach einem ganzen Leben in erzwungenem Schweigen. Ihr Tod gab die totgeschwiegene Schicksalsgemeinschaft endgültig dem Vergessen anheim. In meiner Ablehnung sah Anténor Bienaimé jenes schwarze, stumme Grab der Armen. Meine Mutter kam auf mich zu, wischte mir die Tränen aus dem Gesicht und erklärte mir, dass die beiden Damen doch sehr nett seien und mir vieles beibringen würden. Sie gab meinem Vater unauffällig ein Zeichen und ging mit mir in die Küche, um meinen Kummer mit einer Scheibe Brot und Guavengelee zu vertreiben. Mein Vater setzte sich seinen weichen, vanillefarbenen Strohhut auf, begab sich auf seinen Nachmittagsspaziergang und kam erst vor Einbruch der Dunkelheit wieder.

Man Bo war wie immer in der Küche beschäftigt. Sie trug einen großen Milchtopf aus Metall in den Hof, goss den Inhalt in eine Emailkasserolle, weil das Essen, so sagte sie, in diesem Topf besser wurde. Sie schlurfte hin und her, brachte Zucker, Zimt, Milch und Reis und kochte das Abendessen. Ich schaute ihr dabei zu, sah ihren gebeugten Rücken, ihre rissigen Hände, krummen Fingernägel, Finger, die nie auch nur einen Buchstaben geschrieben hatten, und ich konnte nicht anders, ich musste sie einfach fragen: »Man Bo, kannst du lesen und schreiben?«

»Nein, mein Kind. Das ganze Getier und all die Zeichnungen auf dem Papier, das ist nichts für mich. Ich bin arm, mein Rheuma macht mir genug zu schaffen. Und mit einem Bein stehe ich sowieso schon im Grab.«

Man Bo war also arm. Da wohnte sie nun mit in meinem Haus, und ich konnte nicht glauben, dass sie Madame Lolo näher stehen sollte als uns. Ich weiß noch, dass meine Mutter, die doch sonst so feinfühlig war, Armut und Unwissenheit stillschweigend übergangen hatte, als seien sie bei Man Bo selbstverständlich, als könne meine Mutter in ihrer Sanftmut sich mit solch kleinen Grausamkeiten großzügig arrangieren. Nur die Krankheit unserer Hausdienerin fand sie erwähnenswert: »Du wirst uns noch alle begraben«, meinte sie lächelnd zu Man Bo.

»Bei meinem Rheuma bestimmt nicht, Madame Anténor.«

Man Bo gab letzte Zutaten an den Milchreis, der über dem Kohlefeuer im Hof köchelte. Er duftete köstlich nach Vanille und Zimt. Durch die weit geöffneten Esszimmertüren drang sanft die Nacht ins Haus und mit ihr das Zirpen der Grillen und Heuschrecken. Im Ritual dieser beiden Frauen lag etwas Unergründliches, Ergebenheit und Freude zugleich, mit der sie den Männern dienten und sich von ihnen beherrschen ließen. Man Bo und Mama, beide hatten sie ihre Last zu tragen, doch für Hoffnungslosigkeit war kein Platz in ihrer Welt. Ich spürte, dass meine Seele sich an diesem Feuer in der Küche zu Hause fühlte, sah den beiden, Man Bo und Mama, dabei zu, wie sie Schubladen aufzogen, den Tisch deckten, die Tischdecke falteten, ohne zu wissen, dass sie mich damit lehrten, mir manches Mal wortlos, zukunftslos, an ihrer blinden Geduld ein Beispiel zu nehmen.

11

»Hör ja nicht auf zu spielen.«

»Jetzt, wo du hier bist, getraue ich mich nicht mehr.«

»Nicht doch, spiel weiter.«

In den Sekunden, die auf diese Worte folgten, kam Abendrot durch die beiden weit offenen Türen ins Wohnzimmer und mit ihm das Geschrei vorbeiziehender Vögel, das sich unter die leise Klaviermusik mischte. Onkel Héraclès hatte sie überzeugt, meine Mutter spielte nun mit sichtlicher Hingabe. Onkel Héraclès hörte ihr eine Weile zu, doch schon nach wenigen Minuten war er abgelenkt. Er zog die Stirn in Falten. Etwas anderes hatte ihn in seiner Gewalt, und keine Musik der Welt würde daran jetzt etwas ändern. Er sprach mit einem Mal langsam, verhalten, schien ein Gefühl zurückzudrängen, das ihn plötzlich überkam, und wie aus heiterem Himmel platzten seine Worte in die leisen Töne, die meine Mutter anschlug: »An der dominikanischen Grenze haben sie zwanzigtausend Haitianer umgebracht.«

Die Musik riss ab. Meine Mutter hatte ihr Spiel unterbrochen. »Was redest du da?«

»Die Herren von der Regierung haben es fertig gebracht, an der dominikanischen Grenze in einer Nacht zwanzigtausend Bauern massakrieren zu lassen.«

»Was?«

Die Wut, mit der Onkel Héraclès sprach, und die Aufmerksamkeit, mit der meine Mutter ihm zuhörte, schienen einander in einem Gleichgewicht zu halten, auf dem die beiden schwebten wie auf dem Kamm einer Welle. Die stürzte allerdings in sich zusammen, als ich mich hinter seinem Rücken auf Zehenspitzen leise an Onkel Héraclès heranschlich und ihm die Augen zuhielt. Er sprach nicht weiter, hob mich über seine Schultern auf seinen Schoß und bedachte mich über und über mit Küssen. Meine Mutter sah uns lachend zu.

Ich weiß nicht mehr genau, wann Onkel Héraclès es sich zur Gewohnheit gemacht hatte, regelmäßig um diese Zeit aufzukreuzen. Doch wenn er da war, hatte man immer das Gefühl, dass in ihm ein Feuer schwelte und so viel Ungestüm steckte, dass seine Anwesenheit fast erdrückend war. Insgeheim aber mochten wir die Aufregung, in die er uns alle hin und wieder versetzte, gerade weil sie uns den Atem verschlug. Im Grunde hatten wir nichts dagegen, dass er uns etwas Luft nahm und uns zwang, schwerer zu atmen. Meine Mutter lächelte oft, wenn sie ihn reden hörte, und schien gerührt von so viel jugendlichem Eifer. Er hatte ihr sicher sehr bald seine Lebensgeschichte erzählt: von seinem Studium, seinen Leidenschaften, hier und da wohl auch von Schwierigkeiten, und von seinen Hoffnungen. Manchmal, wie an jenem Nachmittag, stand Héraclès Bienaimé auch eine fast kindliche Ungeduld ins Gesicht geschrieben. Unvorbereitet wie er auf solche Momente war, schien er von meiner Mutter alles zu erwarten. Von ihr, die von Politik und Geschichte nicht die Spur einer Ahnung hatte und die die geringste Andeutung einer tieferen Existenz anderer Menschen, oder auch ihrer selbst, in eine ihr unerklärliche Unruhe stürzte.

Meine Mutter wollte weiter Klavier spielen, mit etwas mehr Entschiedenheit diesmal, wollte vergessen, dass sie sich hatte ablenken lassen, doch sie war nicht mehr recht bei der Sache. Man Bo, die die kurze Meldung über das Massaker unbemerkt mitangehört hatte, stieß einen einzigen langen Klageruf aus und ging wieder ihrer Arbeit nach. Ich spielte ein Geschicklichkeitsspiel, Onkel Héraclès las. Die Sonne sank sehr schnell in die andere Himmelshälfte und mischte dabei die Farben der Welt, rosa, grau, orange, violett und Farben, für die uns die Worte noch fehlen. Nach einiger Zeit ging ich zu meiner Mutter ans Klavier, um sie zu fragen, wo sich denn der schneeweiße Gott aus den Büchern mit seinem langen Bart versteckt hielt.

»Er ist da, auch wenn du ihn nicht siehst.«

Wie immer zu dieser Tageszeit hatte ich das Gefühl, vor einem großen schwarzen Loch zu stehen, und zugleich den Wunsch herauszufinden, was der Welt fehlte.

Ich ließ es dabei bewenden. Alles schien wie sonst um diese Abendstunde: Mein Vater war nicht zu Hause, ich wusste nicht, wo er war, noch was mit ihm geschah; meine Mutter war wie stets erstaunt darüber, am Leben zu sein, und Onkel Héraclès war unverbindlich grüblerisch wie eh und je.

* * *

Zwei Stunden später kam meine Mutter, um mich ins Bett zu bringen. Schweigend flocht sie mir feine Zöpfe, einen nach dem anderen. Wir hörten, wie Vater und Onkel Héraclès sich unten im Wohnzimmer unterhielten. Mein Vater bremste Onkel Héraclès' Feuereifer oft, indem er ihn mit scharfen Antworten in die Enge trieb. Hinter dem stürmischen Geschehen hatte er bereits ausgemacht, wie unspektakulär die Welt eigentlich war. Er glaubte sich gewappnet, zumindest aber gewarnt vor solchen Ereignissen. In seinen Augen waren die Menschen ohne Unterschied. Von jedem, ob Opfer oder Henker, konnte man zugleich Gutes und Schlechtes erwarten; alles hing von den Umständen ab. Onkel Héraclès und er unterhielten sich über die Ereignisse der Stunde: »Die Dominikaner werden uns weder je verzeihen, dass wir ihre Nachbarn noch dass wir schwarz sind.«

»Falsches Rassenbewusstsein. Jeder Dominikaner versteht sich entweder als Moreno, als Indio oder als Weißer, die Farbe Schwarz scheinen sie gar nicht zu kennen.«

»Trujillo hat das Blutbad angeordnet. Warum haben wir die Köpfe eingezogen? Warum nur?«

Dreimal hatte Héraclès die Frage laut ausgerufen, bevor mein Vater ihm entgegenhielt, dass viele unserer Zeitgenossen schon den Anblick eines Afrikaners mit Lendenschurz auf einer Kinoleinwand zum Lachen fanden, insgeheim aber alle verrückt waren nach den Dominikanerinnen mit ihrem goldbraunen Teint und ihren seidigen Mähnen.

»Noch lange kein Grund für das Blutbad. Das ist durch nichts gerechtfertigt.«

»Ich rechtfertige nichts. Ich rücke nur die Perspektive zurecht, wenn du so willst.«

Ihre Worte gingen für eine Weile in den Worten meiner Mutter neben mir unter. Ich weiß noch, dass die beiden Männer und Frauen aus fernen Ländern erwähnten. Vielleicht die, die damals in Spanien kämpften, oder die, die durch die Straßen Frankreichs und Deutschlands marschierten, und vor allem die, die noch viel weiter entfernt lebten, in Russland nämlich, wo man versuchte, Frauen und Männer anderer Art zu schaffen.

***

»Mama, warum sind Millionen Bauern umgebracht worden?«

»Nein, mein Schatz, nicht Millionen, dreißigtausend.«

»Und warum?«

»Weißt du, die Menschen sind nicht immer gut zueinander.«

»Ist das so wie im Krieg?«

»Nein, nicht ganz so.«

»Und was ist Krieg?«

»Krieg ist, wenn zwei Länder beschließen, gegeneinander zu kämpfen.«

»Sterben im Krieg noch mehr Menschen?«

»Ja.«

»Gab es auf Haiti schon Kriege?«

»Ja, aber das ist lange her.«

»Und du, stirbst du auch eines Tages?«

»Ja. Ich, dein Vater, Onkel Héraclès, alle sterben wir eines Tages. Aber bis du stirbst, wird noch viel, viel Zeit vergehen, also zerbrich dir jetzt nicht den Kopf darüber.«

»Bevor ich sterbe, möchte ich zwei Dinge tun: tanzen und meinen Vater oder Onkel Héraclès heiraten.«

Meine Mutter umarmte mich und lachte:

»Aber ja.«

12

Ich war zehn Jahre alt, als der Tod zu mir nach Hause kam, an einem Montag im April 1940. Die letzten Tage meiner Großmutter, der Mutter meiner Mutter, erlebte ich in stillstehender Zeit. Großmutter Lucie hatte schon zwei-, dreimal falschen Alarm geschlagen, nicht so sehr, um zu ermessen, wie sehr wir sie liebten, sondern um auszuloten, wie viel Gewalt sie über uns hatte. Diese Großmutter war mir nicht sehr ans Herz gewachsen, und ich vermute noch heute, dass sie meinen Vater nie geschätzt hat, diesen Mann, der, Gott weiß woher, aus zu bescheidenen Verhältnissen kam, dem afrikanischen Volk und überhaupt Menschen aus unteren Schichten zu verbunden war und noch dazu diesen Vater hatte, Dieufort Bienaimé, diesen ungehobelten Bauern, der zu Gesprächen in gepflegter Gesellschaft nicht ein geistreiches Wort beitragen konnte. Großmutter Lucie war so sehr auf Äußerlichkeiten bedacht: »Mit vollem Mund spricht man nicht, bei Tisch singt man nicht«, und hätte sich für ihre Tochter lieber einen Mann ohne Moral als einen ohne Manieren gewünscht, ohne ihre Manieren. Sie war oft erstaunt darüber, wie offenbar mühelos ich mich ihr stur widersetzte, denn es machte mir Spaß, ihr beim Sprechen mit den Händen vor der Nase herumzufuchteln oder mich beim Gehen in den Hüften zu wiegen. Als ich eines Tages dann auch noch auf die alberne Idee kam, auf einen Stuhl zu steigen und zu tanzen, sagte sie zu meiner Mutter: »Das Kind ist wirklich ordinär, diese Alice. Aus dem wird nie ein braves Mädchen.«

Großmutter Lucie war bereits seit einigen Wochen ans Bett gefesselt. Mich hatte man zu Onkel Albert und Tante Édith geschickt. So hatte meine Mutter etwas mehr Zeit, und man vermied, dass ich Großmutter Lucie auf die Nerven ging und ihren Verfall mit ansehen musste.

Schließlich erhielt sie die letzten Sakramente und bestand darauf, ihre Enkel zu sehen. Ich stieg an der Hand meines Vaters die Treppe hinauf. Sein Blick und sein an die Lippen gelegter Zeigefinger bedeuteten mir, dass Purzelbäume und andere Spiele heute nicht angebracht waren. Meine Cousins Roger und Marcel und meine Cousine Francine gingen voraus. Großmutter Lucie lag im Zimmer am Ende der Treppe. Schon an der Schwelle konnte man Kräutertee riechen, Terpentin und Kampferspiritus. Im Zimmer angelangt, blieben wir stehen, schweigend, wie angewurzelt, als warteten wir auf einen Wirbelsturm, eine Springflut oder ein gewaltiges Erdbeben.

Man Bo hatte verstohlen ihr Skapulier aus dem Ausschnitt gezogen und ging ans Krankenbett, um das Tuch dort abzulegen. Als sie den strengen Blick meiner Mutter bemerkte, besann sie sich schnell eines Besseren und verstaute das magische Stück Stoff wieder zwischen ihren riesigen Brüsten. Großmutter hob mit letzter Kraft und unter Schmerzen ihren rechten Arm und lächelte uns an. Roger und Marcel traten zuerst an ihr Bett, Francine stand schon in einer Ecke und zog die Nase hoch. Ich war hin und her gerissen, wollte einerseits weinen wie sie, war anderseits aber neugierig zu sehen, wie meine Großmutter unter ihren Laken erstarrte. Als die Reihe an mir war, sie zu küssen, berührte ich mit den Lippen sanft ihre Wange, umarmte sie und sah sie dabei lange und eindringlich an, so eindringlich, dass meine Mutter hinzutrat, um meine Umarmung zu lösen und mich von Großmutter zu trennen. Ich blieb noch eine Weile in einer Ecke stehen, starrte auf die weißen Laken und wartete auf den Augenblick, in dem meine Großmutter zur Statue würde.

Ohne meiner Mutter etwas davon zu sagen, strich Man Bo auf alle Spiegel im Haus eine Paste aus Stärke, um sicherzugehen, dass Großmutter Lucie ihre Reise ins Reich der Toten nicht unterbrach und zu uns zurückkehrte, um uns still zu beobachten und uns das Leben schwer zu machen. Nachbarn und Freunde hatten sich in ihrer Gier nach den

Zwistigkeiten und Geheimnissen, die es in jeder Familie gab, auf der Galerie versammelt. Nur Man Bos Wachsamkeit war es zu verdanken, dass sie nicht alle in Großmutters Zimmer drängten. Und schon waren Gerüchte im Umlauf. Nicht nur auf zwei Beinen, nein, ein Gerücht auf dieser Insel geht auf drei, vier, sechs, manchmal gar zehn Beinen um. »Wie alle haben sie bestimmt beim Goldschmied heimlich einen Ring hinterlegt«, sollte heißen, dass wir nach außen hin zwar zivilisierte Christen zu sein schienen, aber wie alle Leute aus der Unterschicht noch zu den Vaudoupriestern gingen. Trotz der offiziell vom Arzt unterzeichneten Bescheinigung und der vom Friedensrichter beglaubigten Sterbeurkunde vermutete manch einer, Großmutter Lucie sei in ihrem Garten auf einen Krug voll Gold gestoßen, weil sie mit dem Teufel persönlich im Bunde war. Andere hatten mit einem Achselzucken ein unerbittliches Urteil gesprochen: »Sie hat ihren Pakt gebrochen.«

Als Großmutter Lucie starb, begann ich, die Gesichter der Menschen, die ich liebte, aufmerksam zu studieren, um den Tod vorherzusehen. Seit dem Tag, an dem ich begriffen hatte, dass der Tod mir ein geliebtes Gesicht nehmen konnte, seit ich erkannt hatte, dass die, die ich liebte, sterblich waren, wollte ich sie umso inniger lieben. Nachts träumte ich manchmal mit offenen Augen. Ich dachte mir grausige Dinge aus, Erdbeben, Überschwemmungen oder Unfälle, in denen mir lieb gewordene Menschen verschwanden oder fortgerissen wurden: meine Mutter, mein Vater, Onkel Héraclès, Man Bo. Minuten später spürte ich, wie mir

Tränen über die Wangen liefen. Ich träumte den Tod dieser Menschen und wusste, wie Recht ich hatte, sie so stark zu lieben. Manchmal trieb mich auch eine unerklärliche Angst aus dem Bett, ich ging barfuß tapfer den dunklen Flur entlang bis ans Schlafzimmer meiner Eltern. Dort angelangt, legte ich meine Wange an das warme, weiche Holz der Schlafzimmertür und hörte meine Eltern atmen. Sobald ich überzeugt war, dass das Haus schlief, dass meine Eltern schliefen, schlich ich zurück in mein Bett und kuschelte mich, die Knie bis unters Kinn gezogen, in die laue Stille der Nacht, lag in der Nacht wie in einem Ei.

Und ein Jahr später, noch bevor mein Vater mir offenbarte, dass meine Mutter krank war, hatte ich die Krankheit bereits am Geruch erkannt, denn es roch überall nach Kampfer, Terpentin und Spiritus, so wie damals, an der Schwelle zu Großmutter Lucies Zimmer. Auch die Geräusche waren alle so gedämpft wie damals, Worte wurden in der Geheimsprache der Erwachsenen geflüstert. Und in dem Maße, in dem meiner Mutter die Kräfte schwanden, wurden auch die Stimmen schwächer. Mein Vater hatte rasch einen Arzt geholt, und Man Bo hatte dreimal »Heilige Jungfrau der Barmherzigkeit, die Engel und die Heiligen« gesagt, während sie Wasser heiß machte. Sie verbot mir, ins Elternschlafzimmer zu gehen, und bat mich, keinen Lärm zu machen. Doch ich schlich auf Zehenspitzen hinter ihr her, und noch bevor sie mich zurückhalten konnte, sah ich eine Blutlache auf dem Bettlaken. »Wer hat meiner Mutter weh getan?« war meine erste Frage, bevor ein Dutzend anderer Fragen auf mich einstürzten und mir im Kopf schwirrten wie eine verrückt gewordene Kompassnadel: »Woher kommt all das Blut?« »Wird auch sie unter diesen Laken sterben?«

Als Man Bo bemerkte, dass ich hinter ihr stand, zog sie mit unauffälliger Geste den Bettüberwurf über das Laken. Meine Mutter lag auf der Seite und hatte uns nicht kommen hören. Sie war blass. Alles Blut schien aus ihrem Gesicht gewichen. Nur ihre dicken, aufgelösten Zöpfe wirkten noch lebendig, sahen aus wie drei große schwarze Vögel, die sich dort zufällig niedergelassen hatten. Und wieder hatte Man Bo ihr magisches Tuch aus dem Ausschnitt gezogen, es aufs Bett gelegt, und mir mit einer Handbewegung bedeutet zu schweigen. Diese Geste machte mir plötzlich gewiss, dass meine Mutter unter ihren Laken bald so erstarrt sein würde wie Großmutter Lucie. Ich fixierte den Spiegel und lauerte auf den Moment, in dem sie, mit ihren gelben Zähnen und ihrer runzligen Stirn, dort auftauchen würde, um meiner Mutter ein Zeichen zu geben. Heute sage ich mir, dass ich vielleicht immer getanzt habe, um diese Angst zu überlisten. Mit jeder Bewegung stehle ich etwas, ein Lächeln, eine Klage, einen Kuss, eine zärtliche Geste, die ich für immer vor dem Vergessen bewahren will. Ich kämpfe den einzigen Kampf, den es sich zu kämpfen lohnt, ich kämpfe gegen den Tod. Tanzen, um ihm voraus zu sein. Tanzen, damit sie mir nicht entgleiten, um diese Menschen dem Nichts zu entreißen, der Abwesenheit, um sie im Blick zu behalten. Ängstlich. Wie eine Hündin, die ihre Jungen behütet. Damit der Tod sie mir nicht fortnimmt, wenn ich ihnen eines Tages den Rücken kehre. Wir sind so wenig aufmerksam, der Tod aber ist wach. Tanzen, um auf meine Weise die sorgsame Mutter, Hüterin der Welt zu sein …

Um auf jenen Morgen zurückzukommen, ich weiß noch, dass ich in mein Zimmer lief und den Kopf unter meinem Kissen begrub. Und noch bevor mir Tränen in den Augen brennen konnten, hörte ich Thérèse, die vom Garten aus nach mir rief: »Alice, komm spielen.«

Ihre Stimme stieg bis in mein Zimmer hinauf. Sie wischte meine traurigen Gedanken weg, brachte mich ins Vergessen zurück, in meine Kindheit am helllichten Tag.

Damals trauerte mein Vater noch nicht täglich um den nie geborenen Sohn, dachte ich noch nicht an den jüngeren Bruder, der in jener roten Lache sein Leben gelassen hatte. Später gab ich ihm oft ein Gesicht, Augen, einen Mund und erzählte ihm Geschichten, berührte mit meinen Lippen seine Wange, stellte mir seine schönen Hände vor, seinen kräftigen Körper in seiner Jugend, seine Sorgen und seine glücklichen Stunden in der Welt.

13

Völlig unbekümmert, ohne die geringste Angst, sich lächerlich zu machen, hatte die haitianische Regierung am 12. Dezember 1941 Deutschland den Krieg erklärt, und alle auf der Insel lebenden Deutschen, nach Konfiszierung ihres Vermögens, ins Gefängnis gesperrt. Um etwa der drohenden Hungersnot nicht hilflos ausgeliefert zu sein, hatten wir Hering und Räucherfisch auf Vorrat gekauft. Wir bekamen die ersten Auswirkungen der Kämpfe in Europa zu spüren, Benzin und Autoreifen wurden zusehends knapper. Mitten in diesen schwierigen Zeiten beschlossen meine Eltern, nach Gonaïves zu fahren. Mein Vater lieh sich den Wagen der Labards, einen schwarzen Studebaker. Auf den Tropfen genau berechnete er die Menge Treibstoff, die wir für die Reise brauchen würden, und eine Reifenpanne – der einzige Ersatzreifen hielt nur noch wie durch ein Wunder zusammen – wäre uns so unwillkommen gewesen wie die Pest.

Dem schlechten Zustand der Straßen entsprechend waren die Nerven der Erwachsenen aufs Äußerste gespannt. Wir fuhren durch die Arcahaie-Ebene, vorbei an Plantagen mit Bananen und Zuckerrohr, und hatten bald die Feuchtgebiete erreicht, die sich bis zu den Bergen erstreckten. Der Artibonite war nicht weit. In den Reisfeldern entlang seiner Nebenarme zeigten die Schattenrisse von Menschen, die sich mit großen Strohhüten vor der Sonne schützten, wo jenseits des Flusses die Ebene begann. Die weite, sumpfige Ebene. Doch je näher Gonaïves rückte, desto trockener wurde die Vegetation in dieser dem Wind ausgelieferten Weite und machte einer dichten, leuchtenden Dürre Platz. Frauen saßen vor ihren Häusern und brieten Cassaves, große Fladen aus Maniokmehl. Der letzte Regen war im Mai gefallen, und die Sonne, die seit Anfang Juni immer höher, immer gnadenloser am Himmel stand, stach wie mit Dolchen auf die Hauswände ein. Den Launen der trockenen Winde folgend hatte sich mit der Zeit eine graue Schicht Staub auf die schäbigen Fassaden gelegt. War es die Sonne, war es der Wind von hier, oder lag es am geheimnisvollen Fluss, dass die Männer am Artibonite, schweigsam, verwegen, Machete im Gürtel, immer so aussahen, als seien sie auf Beutezug oder eben dabei, einen im Schatten lauernden Späher zu stellen?

Élien erwartete uns am Eingang zur Stadt. Tante Félicia und Onkel Nemours hatten ihn nach uns geschickt. Er sah uns kommen und ruderte heftig mit beiden Armen, um uns auf sich aufmerksam zu machen. Ich sah ihn mir von Kopf bis Fuß an und stellte fest, dass seine Füße blitzsauber waren, in den Sandalen aus Lederriemen und alten Autoreifen. Er setzte sich zu uns auf den Rücksitz und gab einsilbig Antwort auf unsere Fragen. Hin und wieder warf er uns verstohlene Blicke zu, senkte jedoch nie den Kopf. Später entdeckte ich in ihm einen lebhaften, schweigsamen, zähen und umsichtigen jungen Mann. Bis zum Haus war es nicht mehr weit. Élien schien sichtlich erleichtert, als der Wagen endlich vor dem großen Holzzaun hielt. Er stieg aus und verscheuchte die Kinderschar, die, »Brruummm, bruuummmm … *Bay pase, bay pase*«, hinter uns hergelaufen war und den Lärm der Motoren nachgeahmt hatte. Die gesamte Verwandtschaft war zu unserem Empfang erschienen, und hinter den Fenstern der Nachbarhäuser hielten uns im Vorbeigehen flüchtige Blicke wie scharfe Krallen sekundenlang fest. Wir aus der Großstadt besuchten Dieufort Bienaimé in seiner bescheidenen Hütte, den mürrischen alten Einsiedler, der mein Großvater war. Und da das Leben ja oft dafür sorgt, dass jene, die unbedingt höher hinaus wollen, die Ehrgeizigen, sich eines Tages doch ihrem Schicksal ergeben müssen, gab es abschätzende Blicke. Man wollte ermessen, wie weit unser Aufstieg gediehen und ob unser Fall bereits absehbar war. Man behielt uns im Auge. Tagein, tagaus. Bis zu unserer Abreise wichen uns die Blicke nicht von den Fersen.

Für mich war das Haus, das in jenem Sommer 1942 zum Bersten voll war, eine interessante Abwechslung zu meiner Einsamkeit in Port-au-Prince. Bei Tante Félicia herrschte ein heilloses Durcheinander, das mit jedem Tag ein weiteres Zimmer erfasste und so schnell um sich griff wie eine Epidemie. Ständig wurde ich von Cousins und Cousinen überrannt, gehetzt von den Stimmen und Rufen zweier entfernt verwandter Tanten und eines obskuren Onkels, die draußen im Schatten des Häuschens lagerten und aneinander klebten wie Kletten, oder aber ich stolperte über irgendeinen Gegenstand, den jemand achtlos auf den einzig gangbaren Weg geworfen hatte. Das große Esszimmer hinter dem kleinen Laden war über und über voll von Geplapper, altem Kram, Duft nach Gebratenem und Heiligenbildern. Die gemeinsamen Essen waren die reinsten Festgelage, bei denen besonders Tante Félicia die Gelegenheit nutzte, uns ausführlich von wundersamen Heilungen, übernatürlichen Krankheiten und Behexungen zu berichten. Sie betete Abend für Abend vor einer Votivlampe und einem Bild von Johannes dem Täufer. Schon in unserer ersten Abendrunde erinnerte sie daran, wie wichtig die von der katholischen Kirche initiierte große Kampagne zur, wie der Erzbischof es ausdrückte, Bekämpfung des »Vaudou, seiner Tänze und Torheiten« sei. Bis ins kleinste Detail beschrieb sie die große Versammlung der Christen in Saint-Michel de l'Attalaye. Monseigneur Robert, Erzbischof von Gonaïves und Wächter über Gut und Böse, hatte vom großartigen Beitrag der katholischen Kirche zur Erweiterung des Reichs Gottes auf Erden und zur Bekehrung all der armen Seelen gesprochen, die bis dahin unter der Tyrannei des Satans gelitten hatten: »Eine wunderbare Zeremonie! Ach! Gott ist wahrhaftig groß!«, frohlockte Tante Félicia. Und erzählte uns beinahe im selben Atemzug von Hougans und Mambos, Vaudoupriestern und Priesterinnen, die dem Werk des Teufels seine Wirkung nahmen, von all den wahren Christen, die in einem langen Fackelzug heimgekehrt waren, von inbrünstigen Fürbitten zur Rettung verlorener Seelen. Sie faltete die Hände wie zum Gebet, hob die Augen gen Himmel und wiederholte, sichtlich beseelt: »Ach! Gott ist wahrhaftig groß!«

Meine Eltern wagten keinen Blick zu Onkel Héraclès, doch sein Protest ließ nicht lange auf sich warten und riss ihn beinahe vom Stuhl: »Also nein, wie kannst du dir nur solchen Unsinn bieten lassen?«

Ihm blieb keine Zeit, seinen Satz zu beenden. Tante Félicia fiel ihm ins Wort. Nun war es an ihr, sich fürchterlich aufzuregen. Ihr Kopftuch verrutschte, sie schlug sich auf die Brust, täuschte einen Anfall vor. Sie, die die Christianisierung der Neger von jeher für eine Selbstverständlichkeit hielt, weinte nun, tobte vor Wut, obwohl sie doch selbst die größte Mühe hatte, allen Irrglauben, der sich um die christliche Botschaft rankte, von hiesigen religiösen Bräuchen zu trennen. Erst später, sehr viel später, hatte ich ihren himmlischen heiligen Täufer Johannes in Verdacht, dass er hinter seinem Engelsgesicht die wilde, glühende Gewalt des Feuergotts Shango verbarg.

Das Haus in Gonaïves war eine grobe Miniaturausgabe unseres Hauses in Port-au-Prince. Im Erdgeschoss betrieb Onkel Nemours seinen Laden. Er widmete ihm alle Zeit, die ihm neben seiner Arbeit als Buchhalter, als Mitglied der Freimaurerloge und neben der Lektüre esoterischer Bücher, wie *Grand Albert* und *Petit Albert*, oder über die Templer Cadoche und wer weiß wen sonst noch blieb.

Bevor mein Großvater hierher gezogen war, hatte er in Savanne Carrée gelebt, einem Marktflecken nur wenige Kilometer von Gonaïves entfernt. Damals konnte er kaum lesen und schreiben. Zur Schule lief er kilometerweit. Als er schließlich seinen Abschluss in der Tasche hatte, wollte er Lehrer werden. Doch mein Urgroßvater war dagegen, sagte, er könne einen Nichtstuer nicht weiter durchfüttern. Onkel Héraclès erklärte mir später, dass diese Härte ihn auf seine Weise am Leben hielt, ihm half, schwierige Zeiten zu überstehen und sich als Mann zu behaupten.

Mein Großvater gab seine Pläne also auf und fügte sich notgedrungenermaßen. Der Not gehorchen war die erste Devise in seinem Leben. Nach dem Tod meines Urgroßvaters hielt er sich weiterhin mit Feldarbeit über Wasser. Dass er es noch nicht weitergebracht hatte, lag nicht etwa an seiner Gutherzigkeit, sondern eher daran, dass er, anders als viele seiner Zeitgenossen, noch nicht angefangen hatte, sich in genügendem Maße an unguten oder schlichtweg schäbigen Unternehmungen zu beteiligen, um wirklich reich zu werden.

Von Krediten hielt er nichts. Er kaufte einen bescheidenen Laden in Gonaïves und lebte in panischer Angst vor der

Pleite, ständig verfolgt von der schrecklichen Vorstellung, eines Tages, obwohl Landbesitzer, als einfacher Feldarbeiter enden zu müssen. Er war auf dem Land geboren und würde seine Herkunft nie ganz abschütteln können: So schwankte er zeit seines Lebens von einem Extrem zum andern. Im Grunde seines Herzens Bauer geblieben, vollzog er seinen Aufstieg zum Kaufmann in Argwohn und Einsamkeit. Geizig und stolz kaufte er stets wenig Ware ein, feilschte nie um den Preis. Und selbst als die Geschäfte besser liefen, ließ er nichts nach außen dringen, um nicht den Neid der Nachbarn und der nächsten Verwandten auf sich zu ziehen.

Einer Frau gegenüber hätte er sich niemals gestattet, Schwäche zu zeigen, und meine Großmutter starb, als sie fünfundvierzig Jahre alt war, traurig und erschöpft nach der Geburt von Onkel Héraclès, dem letzten ihrer fünf Kinder. Zwei waren bereits in jungen Jahren gestorben. Der Vater setzte all seine Hoffnungen in die beiden verbliebenen Söhne und malte sich deren Zukunft täglich neu aus. Und natürlich mischte er sich nie in politische Dinge ein. Sehr früh schon meldete er zunächst meinen Vater, wenige Jahre später Onkel Héraclès, an der Grande École des Frères de l'Instruction chrétienne an, der katholischen Schule von Gonaïves. Jede gute Note war für ihn, wie für alle kleinen Leute, eine gegen den unsichtbaren Feind gewonnene Schlacht. Kaum waren seine Söhne nicht mehr ganz klein, sprach er weder mit meinem Vater noch mit Onkel Héraclès weiter über die Götter, denen er diente, und beschränkte sich darauf, sonntags in der Stadt in die Kirche zu gehen. Zunächst war mein Vater Messdiener, Jahre später Onkel Héraclès, sie sangen beide im Chor und sprachen Französisch. Und vor allem bildete mein Großvater sich ein, dieselben Vorurteile pflegen zu müssen wie alle Bürger von Gonaïves, und verbot meinem Vater zum Beispiel den Umgang mit den ersten arabischen Einwanderern der Insel, denn die hatten angeblich Flöhe und schluckten Kröten.

Mit fünfzehn wurde mein Vater in Port-au-Prince ins Internat gesteckt. Ohne dass es ihm gleich bewusst war, streifte er an der Schwelle zu diesem Großstadtgebäude seine gesamte Vergangenheit ab. Dort wurde zunächst mein Vater zum Kleinbürger, zum Petit Bourgeois, und nach ihm Onkel Héraclès. Dort entstand auch ein Graben zwischen ihnen und ihrem Vater, der über die Jahre tiefer und tiefer wurde. Onkel Héraclès schrieb Briefe an Dieufort Bienaimé, die er ihm allerdings nie schickte. Auch den folgenden nicht:

Vater,
ich würde dir so vieles gerne sagen, doch es gelingt mir nicht. Ich denke oft an dich, manchmal mitten im Unterricht, wenn ich diese perfekten Werke lese, die ich bisher nicht kannte. Werke von Eroberern und Siegern. Von Menschen, die die Welt sehen und sie nicht in Frieden lassen können. Von Menschen, deren Auffassung von Gut und Böse, von Himmel und Hölle, selbstverständlich und anerkannt ist. Es gibt Momente, in denen ich die einfachen Gespräche vermisse, über die Ernte, verletzte Tiere, schwangere Frauen, Männer und ihre Trinkgelage und alles, was viel größer ist als wir und wir nicht selber zum Leben erwecken können.

Manchmal, müde vom Lesen, lege ich mein Buch auf mein Pult, betrachte meine Hände, meine sauberen Fingernägel, und denke an die Arbeit, die deine Nägel erdig und schwarz gemacht hat…

Aneinander gereiht hätten diese Briefe wie ein langer Weg zurück in die verlorene Kindheit geführt. Onkel Héraclès zerriss sie alle, war sich sicher, dass sein Vater ihn nicht verstehen würde und er sogar befürchten musste, dass der Vater ihn belächeln und seine Männlichkeit in Zweifel ziehen würde. Nur allzu gut kannte er die Prüderie der einfachen Leute und wusste um den Hang der hellen Neger zur Geheimniskrämerei. Die Liebe bestand, war sehr stark, schwelte unter allem Schweigen, doch die Distanz, der Klassenunterschied, um es deutlich zu sagen, trennte Vater und Söhne schon für immer. Onkel Héraclès und mein Vater auf der einen, mein Großvater auf der anderen Seite.

14

Auch das Haus in Gonaïves hatte einen Hinterhof. Hier herrschte Man Dia, Man Bos Schwester. Beide auf dem Grund meines Großvaters geboren, stand die eine bei meinem Urgroßvater, die andere bei einem anderen Bauern der Gegend in Diensten. Als ihr Vater starb, verkauften die beiden die drei Ziegen und den einzigen Ochsen, den die Familie besaß, um den Vater, so wie es Brauch war, würdig begraben zu können. Kurz darauf zog Man Dia zu ihrer Schwester, floh endlich vor ihrem Herrn, der sie Nacht um Nacht aus dem Schlaf gerissen und sich in ihrer dunklen Hütte schonungslos über sie hergemacht hatte. Seither verriet ihr Blick, wie tief verletzt sie war, gebrochen; ihr Blick und ihr Körper, gestählt und zerbrechlich zugleich, hatten jeden Mann, der sich ihr seitdem genähert hatte, in Verwirrung gestürzt. Die Angelegenheit wurde vertuscht, und Man Dia, wochenlang noch außer sich, zog zu den Bienaimés. Das hieß also, unser beider Familien waren einander seit langer Zeit schon durch die Erde und das Schweigen verbunden. Auch was die Körperfülle betraf, stand Man Dia ihrer Schwester in nichts nach. Ihre Haut aber war dunkler; noch nie hatte ich einen Menschen mit dunklerer Hautfarbe gesehen als sie, so schwarz, dass es einem den Atem verschlug: so kräftig, dass sie nicht die geringste Spur Licht reflektierte und ihre Gesichtszüge teilweise ausgeblendet schienen. So wirkte Man Dia magisch, geheimnisvoll, als sei sie nicht von dieser Welt. Sie bewegte sich lautlos und stand manchmal völlig überraschend mitten unter uns, wie aus der Luft zu uns hinabgestiegen. Wenn sie nicht stumm den Klagelauten der Erde lauschte, lächelte sie, und man konnte ihr dunkles, tief purpurfarbenes Zahnfleisch erkennen.

Ihren Mann teilte sie sich mit zwei Nebenfrauen, die eine lebte in La Bande, die andere in Dattes. Sie hatte zwei eigene Söhne und kümmerte sich zusätzlich um Élien. Ich sah ihr gerne dabei zu, wie sie große trockene Tabakblätter für ihre Pfeife zerkrümelte oder wie sie, gemeinsam mit ihrer ältesten Tochter Ti Lili, geernteten Reis zum Trocknen ausbreitete. Man Dia fehlten zwei Glieder am kleinen Finger der linken Hand. Niemand wusste genau, unter welchen Umständen sie sie eingebüßt hatte. Als sie eines Tages aus Savanne Carrée zurückkam, hatten ihre Verwandten den Tatbestand verwundert zur Kenntnis genommen und weiter kein Aufheben darum gemacht. Manch einer erinnerte sich an die Zeit, als ihre zehn Finger noch unversehrt waren, doch niemand wagte je, mit ihr darüber zu sprechen. Das Geheimnis der zwei Fingerglieder, die sich scheinbar in Luft aufgelöst hatten, verlieh ihr in der Nachbarschaft erhebliches Ansehen. Nach allerlei Mutmaßungen und Spekulationen behaupteten böse Zungen schließlich, Man Dia habe sie beim Teufel eingetauscht gegen einen Vorteil, und sie brannten bis ans Ende ihrer Tage darauf zu erfahren, was das für ein Vorteil war. Man Dia war auch oft abwesend, wie die Familie es nannte. Man glaubte, sie halte Zwiesprache mit den Geistern. Sie verschwand manchmal tagelang, streifte barfuß durch die umliegenden Dörfer, erreichte irgendwann das Haus einer entfernt verwandten Tante. Die gab ihr Kräutersud zu trinken, während Man Dia ihr von der Zerstörung Sodoms erzählte, von Reisen unter Wasser mit ihren Geistern, den *lwas*, und vom bevorstehenden Weltuntergang. Ich verbrachte viel Zeit mir ihr, stellte Fragen und verschwand in den verwunschenen Landschaften, die ich hinter ihren Augen fand. Anwesend abwesend, wie eine Feuersbrunst, die alles verschlang. Sogar auf dieses Feuer war ich neugierig.

Jeden Nachmittag gegen vier oder fünf Uhr torkelte ein Mann daher und gab, nachdem er sich mit Rum, Clairin oder Trempé, die Kehle gewärmt hatte, laut und vernehmlich höchst unverständliches Zeug von sich. Außer mir schenkte niemand ihm auch nur die geringste Beachtung. Anders als Élien, der seltsam still wurde, wenn der Mann erschien, riefen die, die ihm über den Weg liefen, ohne den Blick zu heben oder sich nach ihm umzuschauen, nur kurz: »Na, Lusignan, hast wohl schon wieder ein Fass Tafia intus.« Wenn er das hörte, hielt er kurz inne, wahrte mit Mühe sein Gleichgewicht, und versuchte, immer erfolglos, sich nach der Person umzudrehen, die ihn angesprochen hatte. Dann zog er eine Flasche aus der hinteren Hosentasche und genehmigte sich einen ordentlichen Schluck. Seinen Lebensabend verbrachte er mit brennendem Magen und Feuer im Kopf. Lusignan ließ sich in einer Hofecke bei den Dominospielern nieder, starrte ins Leere und war mit Feuereifer dabei, sich zu Tode zu trinken. Früher half er, die Lastwagen zu entladen, die zum Marktplatz kamen, oder er ging den Männern und Frauen zur Hand, die zu Pferd aus den umliegenden Dörfern gekommen waren. Damals hieß es, er sei unermüdlich und stark genug, um die größten Lasten zu heben, dreimal so schwer wie er selbst, ohne sich dabei auch nur einen Wirbel auszurenken. Zu verdanken habe er seine Kraft der ungewöhnlichen Macht, die ihm ein *hougan* aus Savanne Carrée verliehen habe. Doch ähnlich wie andere Besiegte, verfügte auch Lusignan nicht über viele Worte, Worte, die ihm wirklich gehört hätten. Er war unterlegen, ertrunken in einem Ozean des Schweigens, und der Alkohol half ihm dabei, schreiend noch tiefer hinabzutauchen.

Eines Nachmittags war er gestürzt, beide Beine starr in die Luft gereckt, lag er platt auf dem Rücken, und zwischen seinen Hosenbeinen war ein nasser Fleck zu sehen. Lusignan tat mir Leid, mit seinen verdreckten Zehen, den abgewetzten Kleidern am Leib und seinen Satzfetzen in frei erfundenem Französisch: »*Vous êtes de suivre,* ganz mir zu folgen, Mademoiselle«, wenn wir ihn baten, uns Mangos, eine Hand voll reife *quénèpes,* Honigbeeren, oder *cirouelles,* rote Pflaumen, zu pflücken. Damals hatte mir noch niemand erklärt, warum auch er in diesem Hinterhof lebte. Ich war zu Man Dia gegangen und hatte sie einfach gefragt: »Man Dia, wer ist Lusignan eigentlich?«

Sie mochte mir nicht gleich antworten, schloss für einen Moment die Augen, seufzte tief und warf mir schließlich ein paar Brocken hin: »Er ist Éliens Vater.«

Ich hatte Mühe, zunächst eine Verbindung zwischen Élien und diesem Mann, dann zwischen ihm und Man Bo herzustellen. Als ich nachfragte: »Heißt das, er ist Man Bos Mann?«, reagierte sie nicht sofort.

Sie nahm einen tiefen Zug aus ihrer Tonpfeife, stieß den Rauch durch die Nase wieder aus und spuckte in hohem Bogen auf den Boden. Sekunden später murmelte sie kurz angebunden: »Friede meinen Ohren, nicht ein Wort werde ich sagen. Und du gehst am besten ins Haus und spielst mit deinen Cousins.«

Wenn die Männer, inmitten von Ziegen und Truthähnen, unter der großen Akazie im Hof beim Dominospiel beisammensaßen, spielte Élien Mundharmonika. Er spielte und sein Blick verriet, dass er fortwollte, weit übers Meer hinaus, die Augen eines Menschen, der nicht länger für andere Leute Böden schrubben, Eimer tragen, Schuhe putzen will, ohne die geringste Hoffnung auf bessere Tage. Er sang nicht mehr mit den Männern von hier. Er war weit weg, nichts hielt, nichts verband ihn mehr mit den Tieren und Pflanzen, den Männern und Frauen in diesem Land. Élien wollte weg, das Land, alle Gefängnisgitter und Knechtschaft für immer hinter sich lassen. Er gehörte zu jenen, die sich verweigern, ihre Zunge verschlucken und für immer verstummen, ihre Kinder töten oder flüchten. Und als ich ihn fragte, warum er sich so oft die Füße wasche, erklärte er mir: »Eines Tages will ich sehr weit weggehen. Ein Mann, der so weit gehen will wie ich, der muss auf seine Füße achten, muss sie sauber halten, damit sie immer bereit sind, jeden Weg zu gehen.«

15

Für das Meer hatten wir auf der Insel nie besonders viel übrig, denn wir waren überzeugt, dass es uns all unser Unglück angespült hatte. Deshalb ging ich in jenem Sommer auch nur ein- oder zweimal schwimmen, hatte aber lange noch tagsüber sein dumpfes Grollen und abends sein verstörtes Flehen im Ohr, das es in die dichte Nacht hinaustrug. Ich war gerne am Strand, spazierte den Schlangenlinien der angespülten Algen entlang und freute mich, wenn mir das Meer die Füße leckte. Ich liebte das Meer so sehr wie den Tanz, liebte den Reiz der Gefahr und die Freude, die ich empfand. Und ich mochte seine Geheimnisse aus Schaum, Salz und Wasser. Mit großen, staunenden Augen träumte ich vom wunderlichen Wirrwarr, der weit draußen am Horizont im Meer wohl herrschen mochte. Von seiner so bitteren Poesie. Von all den lebendigen und toten Tieren in seinem Wasserbauch, von alten Schiffen in Seenot, von feinem Treibsand, Algen in allen Farben und von seltsamen Korallen. Die Vorstellung von Leben und Tod in diesem Bauch, der das

Wasser der Welt in sich trug, war für mich ein wohltuender, bezaubernder Traum. Wenn er kein Ende finden wollte, nahm ich ihn mit an die Oberfläche, ließ ihn dort treiben und berauschte mich an Luft und Salz. Und wenn ich nicht am Meer war, vertraute ich meine Geheimnisse oft dem Artibonite an; der Fluss, dessen war ich gewiss, würde sie ins tiefe blaue Meer hinaustragen.

Die Tage bis zu meiner Abreise verbrachten wir morgens an den Flussufern, auf staubigen Wegen oder auf den Hügeln der Gegend. Wenn die Hitze mittags unerträglich wurde, streckte ich mich neben meinen Cousins und Cousinen mit nacktem Oberkörper auf den kühlen Fliesen der Galerie aus. Kurz vor der Heimreise rieb man uns Körper und Arme für einige Stunden mit einer Paste aus Stärke und Zuckerrohrschnaps ein, um den Juckreiz der Hitzebläschen zu lindern. Und nachmittags, wenn wir den Staub von den staubweißen Füßen abgeklopft hatten, saßen wir bei Man Dia und ließen uns schöne und schaurige Geschichten erzählen, vor ihrem winzigen Zimmer, aus dem uns der beißende Geruch von Tabak und Schimmel entgegenschlug. Manchmal erzählte sie fürchterliche Legenden von dem Fluss oder sprach über den Himmel, über die Sterne, die wir sehen konnten, und über die anderen, die nur die mächtigsten *mambos* und *hougans* ins Wasser von Tonkrügen und *canaris* hinabziehen konnten, die den Geistern Schutz boten. Petroleumlampen verbreiteten um uns herum fahl gelbliches Dämmerlicht, wie geschaffen, unser Gemurmel aufzunehmen, unsere gedämpften Stimmen. In der Ferne, noch heute sehe ich sie vor mir, flackerten Öllämpchen wie Irrlichter. Zufrieden saßen wir an der Schwelle zu Man Dias Zimmer, denn allein die Gespräche vor Einbruch der Dunkelheit genügten, um uns das Echo einer wundersamen anderen Welt zuzutragen, die plötzlich unsere eigene war.

Nachts wagten wir uns nicht mehr weit in den Hof hinein, aus Furcht vor dem feuchten Atem der Pflanzen und Schatten. Und vor den Trommeln natürlich… sie machten die Dunkelheit noch finsterer. Nie zuvor war ich Trommeln so nahe. Ihr Lärm schien mir fast den Bauch zu zerreißen. Und immer musste ich gegen meine Angst ankämpfen. Übermächtig, groß. Die Angst vor der wilden Schönheit meiner Erde, meines Landes, des Lebens auf dem Land, das in der Nacht noch eindrücklicher wurde. Und wie jedes kleine Mädchen im Dorf stellte ich mir vor, dass die Bauern, die flüchtigen Schatten, denen ich tagsüber begegnete, sich nachts in Sukkuben verwandelten und sich im Dunkeln anschlichen, um mir mein Blut aus den Adern zu saugen. Wenn die Fensterläden geschlossen und das Licht gelöscht war, sprachen wir noch eine Weile von gefangenen Sternen oder erzählten uns Geschichten von Magie und Wahnsinn. Dann schliefen wir ein, zu viert auf einem Bett, dicht aneinander gedrängt, um unsere Angst vor der Nacht und vor Werwölfen und unsere Furcht vor dem großen Fluss Artibonite zu überlisten.

16

Am Tag unserer Abreise aus Gonaïves gerieten wir, kaum war der Wagen angefahren, in eine Menschenmenge – und mussten wieder anhalten. Die Leute zogen einen jungen Mann mit blutüberströmtem Gesicht an einem Seil hinter sich her.

Er hatte auf einem Grundstück in der Nähe eine Hand voll Bananen gestohlen. Und die Lumpenparade hungriger, durstiger Männer und Frauen mit ausgezehrtem Blick forderte, er müsse bestraft werden, als wollten sie damit ihre eigene Haut retten, die Armut vertreiben, ihr eigenes Unglück vergessen. Der Hunger nach Gewalt wuchs, stetig genährt von der wachsenden Menschenmenge, und bald fühlten wir uns eingekreist. Im Nu waren auch wir von diesem tückischen, unersättlichen Sog erfasst. Spitze Bemerkungen fielen, Worte wie blanker Stahl und messerscharf. Trotz der Blutspuren im Gesicht des jungen Mannes werde ich mich immer daran erinnern, an sein hartnäckiges Schweigen, an die Verachtung in seinem Blick, wie entrückt er von uns und der Welt war. Vor allem seine Augen werde ich nie vergessen; nicht eine Träne, die Schmerz oder Schwäche verraten hätte, weinte der junge Mann. Die Meute um ihn herum hatte diese stumme, unverschämte Provokation wohl verstanden. Und so prügelte sie weiter auf ihn ein, vom Blut wie berauscht, schlugen die Leute härter und härter zu und gerieten schließlich, je mehr Blut floss, in einen Freudentaumel. Die Schläge hatten uns alle im Gesicht verletzt, wir alle hatten Striemen davon getragen. Doch nur wenige spürten die brennenden Wunden. Zwölf Jahre alt war ich damals, ein kleines Mädchen, und stellte Gott meine erste Frage über den Schmerz: »Warum hast du denen, die leiden, so traurige Augen gegeben?« Und da ich mir damals schon dachte, dass Gott mir eine Antwort schuldig bleiben würde, erfand ich sofort meine eigene: »Bestimmt, weil du willst, dass wir weinen und schlaflose Nächte haben, oder?«

Während die wütende Menge den jungen Mann zur Polizei zerrte, versuchte ich mit aller Kraft, mich abzulenken. Ich fing an, die Ameisen zu zählen, die in Kolonne an der kleinen Mauer entlangkrabbelten, auf der ich saß und abwartete, wie es weitergehen würde. Mein Vater wollte eine Lösung finden, die sowohl dem jungen Mann als auch den Grundstücksbesitzern recht wäre, Onkel Héraclès sprach von Mundraub, der durchaus verzeihlich sei, Tante Félicia, Onkel Nemours und Man Dia aber waren sich mit der Menge einig: Der junge Mann hatte eine Strafe verdient.

Ich hatte die Menge so sehr geliebt, durch die mich mein Vater noch vor wenigen Jahren auf seinen Schultern getragen hatte, doch an jenem Tag entschied ich mich dafür, den jungen Mann zu lieben, der einer Menge allein die Stirn geboten hatte. Später teilte ich die Welt oft auf in die Menge und den einsamen Mann, für den ich nicht selten Partei ergriff. Auf den Bühnen der Welt tanzte ich für ihn, verteidigte ihn gegen jede Art von Menschenmasse, gleich welche Uniform oder Fahnen sie trug.

Wir erreichten Port-au-Prince, als es dunkel wurde. Ich war noch immer sehr traurig, und auch ein Päckchen aus New York, von Tante Hélène, der anderen Schwester meiner Mutter, heiterte mich nicht recht auf. Neben den Bildern von Pearl Primus, der berühmten schwarzen Tänzerin aus den Vierzigerjahren, sah ich in der schönen Zeitschrift, um die sich die ganze Familie riss, Augen in einem blutüberströmten Gesicht. An jenem Septemberabend wehte ein wunderbar zarter Wind. Ich hatte noch immer das blutige Schauspiel des vergangenen Tages vor Augen und glaubte, dass sogar der

Wind wehklagte über dieses Gesicht, über allen menschlichen Zwist, von dem ich zwar noch nichts verstand, dessen Last mein Kinderherz aber schon bedrückte. Pearl Primus, die Arme verschränkt, den Kopf erhoben, das rechte Bein kühn nach vorne gestreckt, schloss dem jungen Mann behutsam die Augen. An jenem Abend sah ich Pearl Primus so lange an, bis mir fast schwindelig wurde. Sie lag auf meinem Kopfkissen, dicht neben mir, während ich schlief. In meinem Traum bekam sie dieselben Augen wie der junge Mann aus Gonaïves.

17

Thérèse Brévil und ich hatten uns am ersten Schultag unter dem Dach des Innenhofs ebenso heftig wie plötzlich miteinander angefreundet. Als Töchter schweigsamer Mütter und abwesender Väter hatten wir beide sofort das Gefühl, vom Schicksal gleichermaßen gezeichnet zu sein. Wir hatten einander auf der Stelle erkannt und fühlten uns seelenverwandt, jede durch das Wesen der anderen gestärkt. Thérèse und ich trugen unsere Freundschaft auch in die nächste Schule, zu den Schwestern der Weisheit, den Sœurs de la Sagesse, und schufen uns dort unsere eigene Welt. Wir fühlten uns an dieser Schule wie ins Exil verpflanzt, wie Leute, die in Chinatown oder Little Italy lebten. Wir nahmen neue Vornamen an: Ich nannte mich Salomé, Thérèse hieß von nun an Bérénice. Das gefiel uns besser. Völlig unbeschwert, bei Hickelkästchen, Ringelreihen und Geschicklichkeitsspielen, verlief unsere Kindheit genüsslich und angenehm.

Beide waren wir schlank, Thérèse und ich, rastlos und unbekümmert, und beide 1928 geboren. Vierzehn Jahre später, 1942, waren wir noch immer spindeldürr, ohne Hüften, ohne Busen und hatten nicht ein Milligramm Fett angesetzt. Deutlich ausgeprägt allerdings war bereits unser typischer Negerinnenpo; ohne den hätte man uns vielleicht gar für Vogelskelette gehalten. Thérèse, *chabine,* hatte hellere Haut als ich und helleres Haar, das aussah wie mit Goldpailletten besetzt. Sie war keine Schönheit, doch ihr offener Blick aus großen, feuchten Augen machte ihr ungefälliges Gesicht vergessen. Und auf ihren Mund waren alle Männer scharf, weil er ihnen so verlockend schien wie das Mark einer reifen Mango. Als Kind sagte Thérèse immer deutlich ihre Meinung, kam auch nie zu kurz. Vorlaut aber war sie nicht. Ihr fehlte der nötige Biss, um sich unter allen Umständen zu verteidigen, doch da sie oft auch ihr Mundwerk nicht halten konnte, handelte sie sich in Wortgefechten erst Wunden an Knien und Ellbogen ein, bevor ihr Herz zu leiden hatte. Ich war weniger impulsiv, ließ mich seltener in Situationen verwickeln, aus denen es nur wenige Auswege gab. Redegewandt und neugierig, träumte ich als junges Mädchen schon sehr früh von meiner Flucht. Eine gewaltige Kraft in meinen Adern steigerte meine Wünsche zu Zwängen, meine Trauer zu Verzweiflung, meine Sorgen zu Katastrophen. Abgesehen von ein paar legendären Prügeleien, die mir schwerste Rügen meiner Lehrerinnen einbrachten, gab ich mir Mühe, mein Ungestüm zu zügeln. Schwester Jeanne war die einzige, die uns beide wirklich zu bändigen wusste. Ein Sack Flöhe wäre leichter zu hüten gewesen als wir. Viel fehlte nicht, und wir wären zu weit gegangen, hätten den Mädchen aus den ärmeren Vierteln der Stadt alle Ehre gemacht, die so überschäumend lachten, anzügliche Bemerkungen machten und ihre Hüften so aufreizend schwangen, dass einem schwindelig werden konnte, wovor sich unsere Umgebung so zu fürchten schien. Schwester Jeanne schaffte es, uns im Zaum zu halten. Wenn unser stürmisches Temperament mit uns durchgehen wollte, fasste sie uns an den Händen und nahm uns den Wind aus den Segeln.

Später überwand Thérèse auch die Angst vor ihrem Vater, einem wortkargen Offizier mit ausdruckslosem Blick, der keinerlei Eskapaden duldete; sie durfte mich manchmal besuchen und zuhören, wenn mein Vater von den Griechen, den Römern, der Antike, oder von großen Entdeckern erzählte. Onkel Héraclès, mit seiner Vorliebe für die Negeraufstände in aller Welt, zeichnete gerne das Epos von Haitis Unabhängigkeit nach, nannte Dessalines, Toussaint, Christophe, Lamour Dérance und die Prophetin Romaine-la-Prophétesse. An manchen Abenden, wenn der Mond nicht schien und der Himmel mit Sternen übersät war, erklärte mein Vater uns Sternbilder – den veränderlichen Orionnebel, den Großen Bären, den Polarstern –, und Onkel Héraclès erwähnte Orte, die zauberhaft klangvolle Namen hatten: Tegucigalpa, Ouagadougou, Taj Mahal, die Mandschurei oder Guadalajara. Wenn ich mit ihm alleine war, sprach er mit mir über alles. Über all das, wovon Kinder angeblich nichts wissen müssen: Ungerechtigkeit, Einsamkeit, Mann und Frau, das Alter, Erwachsensein, Hunger bis zum Wahnsinn, und über die Verrücktheiten und Schönheiten der Welt. In solchen Momenten fand ich den Unterricht in den finsteren, engen Klassenräumen viel zu langweilig. Von meinen wilden Kindheitsträumen war die Schule endlos weit weg und weckte in mir zugleich Fragen, die sie mir nicht beantworten konnte. So ließ sich bald absehen, dass ich meinen Schulabschluss nur mit großer Mühe erreichen würde, eine Aussicht, die mich allerdings kaum betrübte.

Mit dem Tag der Veröffentlichung dieses Erlasses sind alle Tanzveranstaltungen und nächtliche Versammlungen bei Strafe verboten, sowohl in den Städten als auch in den Dörfern und Weilern in allen Hügeln und Ebenen, körperliche Züchtigung droht denen, die unter Missachtung dieses Verbots Tänze oder nächtliche Versammlungen abhalten …

Am 4. Nivôse im Jahr VIII der Republik
Toussaint Louverture

18

»Du darfst tanzen.«

Mein Vater weiß nicht, dass er an diesem Tag drei Zauberworte spricht, dass er mir gibt, was mir niemand je gegeben hat. Dass er mir etwas verspricht, das doch weder in seiner noch in anderer Hand liegt, etwas, das ich mir selbst nehmen muss. Und wonach ich bereit bin, mit jeder Faser meines Lebens zu greifen.

Mein Vater fährt fort: »Weißt du, Pythagoras, der große griechische Mathematiker und Philosoph, war von der Heilwirkung des Tanzes überzeugt und ordnete den Tagesablauf seiner Schüler so: Morgens begrüßten sie die Sonne, dann studierten sie Mathematik, Musik und Philosophie, und im dritten Tagesabschnitt schließlich tanzten sie, um beweglich zu bleiben, ihren Körper gesund und geschmeidig zu halten, denn für die Ausgeglichenheit des Menschen ist die Gesundheit unerlässlich.«

Wenn ein Grieche, und kein geringer dazu, das gesagt hatte, so konnte mein Vater es gutheißen. Ich wusste, dass seine heimliche Liebe der Geschichte der Sieger und Eroberer galt, ihrer unerschütterlichen Gewissheit, in der die Welt so felsenfest verankert schien wie der *mitan* in seinem Sockel. Meine erste Schlacht hatte zwar lange gedauert, doch nun war sie gewonnen: Eine gewisse Madame Daveau sollte mir Grundkenntnisse im Tanzen beibringen.

Meine Mutter gab mir einen Kuss, daran erinnere ich mich noch: »Du wirst vieles tun können, was ich nicht geschafft habe«, als müsste ich die Träume verwirklichen, die sie an den Wunden ihres Ehealltags verenden ließ. Am Nachmittag hatte sie Onkel Héraclès die Neuigkeit berichtet und mit unverhohlener Freude hinzugefügt: »Diesem Kind möchte ich so vieles auf einmal bieten, dass ich gar nicht weiß, womit ich anfangen soll.«

Man Bo allerdings hatte von Anfang an ihre Zweifel und reagierte entsprechend: »*Ki sa li ye?* Was soll das werden, wenns fertig ist?«

»Ich lerne gerade gehen und tanzen.«

»Wie, soll das heißen, du kannst noch nicht gehen? Und musst neben der Schule auch noch tanzen lernen? Tanzen kann man übrigens nicht lernen. Wer mit seinem Geld nichts anzufangen weiß, soll es lieber den Armen geben.«

»Du meinst also, unser Geld wäre bei den armen Gemeindemitgliedern besser aufgehoben?«, fragte meine Mutter mit leichtem Ärger in der Stimme.

»Ich kippe nur Wasser aus, ich mache niemandem die Füße nass, Madame Anténor.«

***

Madame Daveau, Französin, war ihrem Mann auf diese Insel gefolgt, auf der sie sich, wie sie oft seufzend zugab, hin und wieder so schrecklich fern von ihrer Heimat Frankreich fühlte. Dort war sie Tänzerin an der Oper gewesen. Keine Unterrichtsstunde verging, in der sie nicht in den melancholischsten Tönen von den Ufern der Seine sprach, von Galasoirees, von Diagilev, Isadora Duncan oder Nijinski. Doch die Liebe sei stärker gewesen als all das, flocht sie beiläufig ein und forderte uns im nächsten Atemzug mit kräftiger Stimme zur nächsten Übung auf: »Mesdemoiselles, battements tendus.«

Der Saal gefiel mir vom ersten Tag an. Noch heute könnte ich ihn und seine Stimmung bis ins kleinste Detail beschreiben: die Farbe der Vorhänge, die Position des Spiegels, die Stange, den leicht muffigen Geruch im Umkleideraum. In jenem Saal wurde mir zum ersten Mal bewusst, dass in meinem Körper ungeahnte Kräfte steckten, dass ich ihn künftig würde nutzen müssen, und ich machte damals jene ersten Übungen, die mich nie wieder loslassen sollten. An jenem Ort, an dem ich mich als Jugendliche dieser zauberhaften Wandlung widmete, lernte ich, dass man sich dem Schmerz seltsam verbunden fühlen konnte, und er, stetig und allgegenwärtig, zu guter Letzt beinahe wohltuend sein konnte. Wie hätte ich hart bleiben können, wenn mein Körper so begierig war? Wie starr ausharren, wenn doch alles in mir nach Bewegung drängte? Wenn ich mich geliebt fühlte von einer Kraft, die nicht mir galt, noch jemand anderem, sondern allen Menschen. Ich nutzte den Tanz sehr schnell, um das Leben auf meine Weise herauszufordern, seine düstersten Ecken auszuleuchten und deutliche Worte zu Gott zu sprechen.

Doch das war zu Beginn der Vierzigerjahre. Damals ahnte ich nicht, welche Schwierigkeiten auf mich zukommen würden. Denn in den Salons dieser tropischen Insel Ballettposen zu vollführen, war eine Sache. Etwas ganz anderes war es, verstört, berauscht oder verwegen rituelle Tänze, Yanvalou, Nago, Banda oder Pétro, zu tanzen.

Schritt für Schritt sollte ich im Licht, im Zauber des Moments aufgehen. Ich sollte lernen, dass die Bewegung nie lügt. Sie führt weit, sehr weit. Ich arbeitete hart und unermüdlich, erkannte jede Sehne, jeden Muskel, jedes Gelenk meines Körpers. Ich fand mich in Arbeitsgewohnheiten hinein, entdeckte, dass man ewig gleiche Gesten bis zur Erschöpfung wiederholen konnte. Bald liebte ich sogar die Angst davor, über mich selbst hinauszuwachsen, und war sekundenlang glücklich, wenn ich jenseits meiner eigenen Grenzen stand. Ich lernte auch, was es hieß, sich durch ein einziges Wort, eine einzige Geste einer Person, die einem wichtig ist, das Glück oder Leid einer ganzen Woche bestimmen zu lassen, indem die Lehrerin verächtlich bemerkte: »Alice Bienaimé, mit solch albernen Verrenkungen wollen Sie doch nicht etwa Tänzerin werden? Geben Sie es lieber gleich auf.« Oder aber sie beehrte mich mit einem Satz wie diesem: »Endlich entwickeln Sie die Muskeln einer Tänzerin.«

19

Ich bin zwischen engen Mauern gefangen. Ein Haus steht in Flammen. An meinen Schläfen der Flügelschlag eines blinden Vogels. Menschen werden zu Dutzenden von einem Sog fortgerissen. Und Frauen warten wie Kühe, sitzen mit prallen Eutern, die Beine gespreizt, schweigend im Kreis. In ihren Augen hat die Welt schon Feuer gefangen, sie brennt, doch die Frauen sitzen weiter schweigend da. Mein langer Angstschrei durchbricht die Stille, reißt sie in Fetzen. Ich wache auf, fahre hoch, sitze kerzengerade im Bett. Ich zittere, von Krämpfen geschüttelt, habe heftige Bauchschmerzen und mir dreht sich der Kopf. Mein Nachthemd klebt klatschnass an mir. Meine Kehle ist zugeschnürt, ich atme schwer, habe das Gefühl, durch einen tiefen Fluss zu waten. Ich versuche weiterzuschlafen, die Sorgen einfach zu vergessen. Doch es gelingt mir nicht.

Auch am nächsten Morgen hat mich der Traum noch nicht losgelassen. Ich setze ein entspanntes Gesicht auf, will so tun, als sei ich in aller Ruhe aufgewacht. Damit Man Bo, die gewitzte Katze, nicht gleich Verdacht schöpft. Ich gehe zu ihr in die Küche. Sie ist damit beschäftigt, Kokosgebäck auf einem großen Blech zu verteilen, das sie kurz darauf in den Ofen schiebt. Während das Gebäck im Ofen ist, setze ich mich neben sie.

»Na, Man Bo, hast du Nachricht aus Kuba, von Élien?«

»Dein Onkel Albert war dort und hat mir gesagt, Élien arbeitet in einem Hotel. Er hat mir ein bisschen Geld geschickt.«

»Sag mal, Man Bo, weißt du, ob er sich noch so oft die Füße wäscht wie früher?«

»Nein, weiß ich nicht. Vielleicht hat er ja in Kuba keine Zeit dazu.«

»Denkst du oft an ihn?«

»Erst gestern Nacht hab ich von ihm geträumt. Ich hab ihn gesehen, so leibhaftig wie ich dich hier sitzen sehe.

Schließlich sehe ich keine Gespenster. Ich habe geträumt, er reitet auf einem Schimmel nach Hause, mit Gold beladen. Das Pferd lief auf einer Wolke, so schön, dass man nicht mal das Klappern der Hufe hören konnte.«

»Wann, Man Bo, wann kommt er denn wieder mit all dem Geld?«

»Das wird schon noch dauern.«

Sie ließ ein paar Minuten schweigend verstreichen und fügte dann hinzu: »Jedenfalls war es richtig, dass er weggegangen ist.«

»Warum?«

»Weil Leute wie er und ich hier in diesem Land immer den Kürzeren ziehen, egal, wer im Nationalpalast am Ruder sitzt.«

Sie lachte laut, glücklich beim Gedanken an den Sohn in sicherer Ferne, der seinem Schicksal in der Heimat entronnen war.

Ich schwieg eine Weile, doch lange hielt ich es nicht aus und platzte schließlich heraus: »Weißt du, Man Bo, ich habe Angst.«

»Angst, wovor?«

Sie sah mich an, von Kopf bis Fuß, mit strengem Blick. »Dachte ich mirs doch, irgendwas stimmt nicht mit dir. Na, dann mal raus mit der Sprache …«

»Angst, vor allen Leuten zu tanzen.«

»Das fehlte noch! Du wolltest doch tanzen lernen, oder etwa nicht?«

»Doch. Trotzdem habe ich Angst.«

»Hör zu, tanzen kannst du in Gonaïves und auch in Port-au-Prince überall kostenlos. Davon kriegst du an jeder Straßenecke, so viel du willst.«

»Das ist nicht dasselbe, Man Bo.«

»Lass mich dir eins sagen, mein Kind: Es gibt Berufe für Männer, es gibt Arbeiten für Frauen, aber das Tanzen ist weder ein Beruf noch eine Arbeit. Der liebe Gott hat ganz gewiss nicht viel übrig dafür. Der reinste Raub auf offener Straße, und für dich schon gar nichts.«

»Ich tanze, weil es mir Spaß macht.«

»Das will ich hoffen.«

Für Sekunden schien sie ihren Gedanken nachzuhängen, doch dann sagte sie: »Mit der Zeit gehst du kaputt daran. Und wenn du nicht aufhörst, wirst du dich sogar so weit verändern, dass dich die Leute als junges Ding betrachten.«

»Als junges Ding?«

»Das sind Frauen, die man an der Art erkennt, wie sie gehen, wenn du es genau wissen willst, und die laut lachen und komische Sachen machen. Aber du bist kein junges Ding, sondern ein anständiges Mädchen.«

Man Bo mochte die »komischen Sachen« nicht beim Namen nennen.

»Kennst du eigentlich welche?«

»Was meinst du?«

»Junge Dinger natürlich.«

»Also, du bist wirklich schrecklich, Alice.«

***

Madame Daveau hatte den Tanzsaal bei sich zu Hause eingerichtet. Aus ihrem Wohnzimmer trat man auf eine große

Veranda, ein schmaler Flur führte am Wohnzimmer entlang in einen kleinen Raum, der Monsieur Daveau als Arbeitszimmer diente. Madame Daveau hatte die Veranda zur Bühne, das Wohnzimmer zum Zuschauerraum gemacht, und Monsieur Daveaus Arbeitszimmer nutzten wir als Umkleideraum. Vier Stücke waren für die Aufführung vorgesehen, eine seltsame, bunte Mischung, die mich erstmals und unvergesslich mit mir selbst konfrontierte.

An den Ablauf der Bewegungen von damals erinnere ich mich nicht mehr. Doch ich weiß noch genau, wie klar mir an jenem Nachmittag wurde, dass jede von ihnen einer Seele bedurfte, die sie erwecken, eines Blicks, der sie betrachten würde. Unter den Augen meines Vaters wurden sie alle fast zauberhaft. So viele Jahre später erscheint mir all das eher lächerlich, wie grotesk, sich so zur Schau zu stellen. Doch damals, unter jenen Blicken, die Bewegungen nur flüchtig angedeutet, ahnte ich bereits, dass ich nur auf der Bühne existieren, die Bühne mein einziger Platz im Leben werden würde. Ich war mir gewiss: Hier lag mein Schicksal, direkt vor meinen Augen. Verwandlungen würden mein Lebenselixier werden. Ich würde außerhalb meiner Selbst wohnen, von anderen zehren, von ihren ungeahnten Lebenssäften, würde in anderer Leute Haut schlüpfen, wie man sich Kleider überstreift, flüchtig, würde mühelos Einlass finden in die fruchtbare, rätselhafte Fülle vorüberziehender Wesen.

20

An der Tür zu Madame Daveaus großem, leerem Saal war ich stehen geblieben, um der Unbekannten zu lauschen, die mit ihrem Klavierspiel den Zauber wachrief. Die Musik hing in der Luft wie hineingeflüstert, strahlend, heiß. Ich stand da, den Kopf leicht geneigt, und sah ihr zu, bezaubert wie ein Kind, das ein faszinierendes Spielzeug betrachtet. Die Noten, eine nach der anderen, erweckten alles zum Leben, was schlief: Quellen, Seen, Flüsse, Ebenen, sogar die Freude der Welt bei ihrer Geburt. Und ich atmete den schweren, wilden Duft des Schöpfungsakts, der von diesen Bildern ausging ... Bald wurde die Musik unerträglich schön. Für Sekunden wünschte ich, die Unbekannte würde aufhören zu spielen, damit mein aufgewühltes Gemüt zur Ruhe käme und die Welt in ihren tiefen Schlaf zurücksinken könnte. Schweigend schlich ich den Flur entlang, hilflos, verloren, mit jenem fiebrigen Gefühl der Angst im Bauch, das mir so früh schon vertraut wurde, und lief dann davon, so schnell ich konnte. Die Unbekannte erfuhr nie, wie tief mich ihr Spiel berührt hatte. Drei Tage später stellte Madame Daveau sie uns vor.

Lise Martin Boural, namhafte Pianistin und Freundin von Madame Daveau, nutzte den großen Saal, wenn wir keinen Unterricht hatten, um dort selbst zu unterrichten. Neben ihren ständigen Schülerinnen konnten jene von uns, die Interesse hatten und das Einverständnis der Eltern, bei Lise Martin Boural traditionelle haitianische Gesänge erlernen. Stücke, für die sie selbst die Klavierfassung geschrieben hatte. Als meine Mutter mich einmal mit etwas Verspätung abholte, hörte ich Madame Martin Boural die erste Strophe eines Vaudoustückes singen. Ich erinnere mich vor allem daran, wie beeindruckt ich war von der Kraft und der Klarheit ihrer Stimme. Auch ich wollte singen lernen und flehte meine Mutter auf dem Heimweg an, es mir zu erlauben. Aus Liebe zur Musik willigte sie wenige Tage später ein. Thérèse aber bekam von ihren Eltern keine Erlaubnis, obwohl wir Strategien entwickelten, um sie umzustimmen. »Nein bleibt nein«, hatte ihr Vater, Hauptmann Brévil, schließlich barsch entgegnet und damit jede Hoffnung endgültig zunichte gemacht.

Meiner Mutter war nicht sofort bewusst, dass Madame Boural neben Gesangs- und Klavierstunden einigen Auserwählten auch Unterricht im traditionellen Tanz gab. Ihr Studio, bei ihr zu Hause im bürgerlichen Viertel Pétion-Ville, hatten Nachbarn zweimal mit Steinen beworfen, weil sie fürchteten, der Teufel könnte sich mit seinen Trommeln in ihrer Nähe häuslich niederlassen. Madame Boural hatte den Wink schnell verstanden, sich in den hintersten Winkel ihres Grundstücks zurückgezogen und unterrichtete seitdem sozusagen im Untergrund. Als Onkel Héraclès mich eines Tages zum Unterricht fuhr, machte Madame Boural den Vorschlag, uns beide zu einer ihrer Tanzstunden mitzunehmen. Ein paar Tage später eröffnete Onkel Héraclès meinen Eltern, dass ich ihn zu Freunden nach Pétion-Ville begleiten würde. Ich erriet, wohin wir fahren würden, und ließ mir nichts anmerken. Tagelang im Voraus aber war ich rastlos und wie im Fieber, sicherste Anzeichen, auf die ich mich verließ. Und ich folgte Onkel Héraclès. In Madame Bourals

Studio angelangt, erkannte ich zwei junge Mädchen aus Madame Daveaus Schule wieder. Als sich unsere Blicke begegneten, sah ich uns schon als Verbündete, obwohl ich noch nicht recht wusste, wie wir gemeinsame Sache machen würden. Die beiden waren noch so jung und riefen mir die kleinen Heimlichkeiten aus meiner Kindheit in Erinnerung, der ich ja selbst eben erst entwachsen war. In jenem Moment aber hatte ich einen weiteren Schritt getan. Onkel Héraclès hatte meinen Lebenslauf deutlich beschleunigt, indem er alle Karten verändert und mich alleine und schutzlos den Stürmen des Daseins ausgesetzt hatte.

In der Ecke des Saals saß ein Trommler, zwischen seinen Knien eine große Trommel in leuchtenden Farben, gelb, rot, orange. Mehrmals schlug er mit der Handfläche auf das Trommelfell. Aus dieser Nähe sah ich eine Trommel an diesem Tag zum ersten Mal. Ich wagte es kaum, ihren gewaltigen Bauch zu berühren, und gelobte, schon am kommenden Samstag Pater Claude, unseren Schulgeistlichen, um Vergebung zu bitten und tags darauf das Sakrament des Abendmahls zu empfangen. Mit einem großen Stein schlug der Trommler leicht auf die durch eine Kordel verbundenen kleinen Holzkeile, um das Trommelfell zu spannen. Kurz darauf kündigte er mit einem leisen Trommelwirbel an, dass er bereit war.

So änderte sich mein Leben. Es fing tatsächlich von vorne an, will ich damit sagen. Madame Lise Martin Boural schlüpfte aus ihren Schuhen und begann zu tanzen. Sie machte Bewegungen, die mich als junges Mädchen, das nicht wusste, wie laut und eindrücklich der Körper sprechen konnte, völlig unvorbereitet trafen. Madame Boural hielt ihren Oberkörper aufrecht, die Hände an den Hüften, den Kopf erhoben, und schritt voran, ging in die Knie und richtete sich wieder auf, indem sie abwechselnd das rechte, dann das linke Bein schnell ausstreckte und wieder anzog, schnell ausstreckte und wieder anzog. »Das ist der Ibo-Tanz«, erklärte sie, »sehr gemessen und feierlich.«

Der Stolz der Ibo war legendär; lieber begingen sie Selbstmord – sie verschluckten oft ihre Zungen – oder töteten ihre Angehörigen, als in der Sklaverei zu enden. Die Schülerinnen beobachteten Madame Boural eine Weile und vollführten dann barfuß dieselben Bewegungen. Es dauerte nicht lange, dann konnte auch ich nicht mehr widerstehen, wollte mittanzen, die Freude auskosten, die hier zum Ausdruck kam. Völlig unverbindlich. Um ihrer selbst willen. Um dieses warme Glücksgefühl zu spüren, in Armen und Beinen, im ganzen Körper, und um die Bewegungen der Rebellen, der Zungenschlucker, nachzuempfinden.

Ohne Madame Boural oder Onkel Héraclès um Erlaubnis zu fragen, zog ich meine Schuhe aus und tanzte zum ersten Mal barfuß. Meine Fußsohlen spüren noch heute die harten Schläge der ersten Takte, die die Trommel vorgab. Ich fühlte, wie der Boden sich auftat und plötzlich unter meinen Füßen die ganze Erde erzitterte und zu klingen begann, die Bäume, die Berge, die endlosen Flüsse. Onkel Héraclès schien hellauf begeistert und sah mir beinahe lachend zu. Sein Lachen war genau das Gegenteil der Angst, die die anderen empfanden. Erst später, sehr viel später begriff ich, wie viel Angst sowohl die Tänze als auch die Trommeln einflößen konnten.

Sie weckten zu starke Erinnerungen an Afrika und an den Körper, und jenen von uns, die von unserer Insel aus in die Welt hinausschauten, machte beides Angst, der Körper und Afrika. Afrika, dieser heiße, turbulente Bauch der Welt.

Ich ging nicht regelmäßig zu Madame Bourals Tanzunterricht, denn Onkel Héraclès war der einzige, der mich dorthin begleiten konnte, ohne Verdacht zu erregen. Mein Vater erfuhr nie, was uns gelegentlich nach Pétion-Ville führte. Meine Mutter schwieg, doch ich verstand ihre viel sagenden Blicke und schwieg auch. Dieses Schweigen machte auch uns zu Komplizinnen und war zugleich ein Spiel. Nach jener ersten Tanzstunde unterhielten sich Madame Boural und Onkel Héraclès lange miteinander. Zwei Wochen später lud sie ihn zur Fête des Rois nach Rivière Froide ein, zu einem Gottesdienst zum Dreikönigstag.

21

Wir haben kaum die Hauptstraße von Carrefour verlassen, da brandet der Lärm der Trommeln schon in den Nachmittag. Ein Schüler von Madame Daveau erwartet uns, begleitet von Dieuseul, dem ältesten Sohn von Madame Prévilor, der *mambo*, der Vaudoupriesterin. Wir klettern einen steinigen Pfad hinauf zu einem kleinen Vorsprung, von dem aus man auf einen von dichtem Buschwerk und vereinzelten Hütten umgebenen Platz hinuntersieht. Dann steigen wir vom Hügel wieder hinunter, und die beiden Jungen führen uns zum Peristyl, dem Vorhof des Tempels. Als Madame Boural uns sieht, winkt sie und kommt uns am Eingang entgegen.

Fünfzig Jahre später erinnere ich mich an diese erste Begegnung, als wäre sie gestern gewesen. Es hatte sich eine Tür geöffnet, an die ich nicht einmal zu klopfen gewagt hätte. Und da stand ich nun, starr vor Schreck und zugleich einer Fülle von Eindrücken unterworfen, die ich begierig aufnahm. So wie ich in dieses Unterholz eingedrungen war, hätte ich ebensogut einen Sprung ins Leere tun können. Was ich sah, erschien mir wie eine flüchtig in die fließenden Grenzen zwischen Traum und Wirklichkeit gezeichnete Welt. Beim Anblick des Altars im Peristyl blieb mir fast das Herz stehen: Amulette, *paquets-wanga,* Puppen der Göttin des Todes Grann Brigit, Kreuze für die Gédés, die Geister des Todes, und eine einfache Farblithografie der Jungfrau Maria. Außerdem aufgereihte Flaschen, solche, wie sie auch Man Bo unter ihrem Bett versteckt hielt, und *govis,* Krüge in den Farben der *lwas,* denen sie Schutz boten. Um nicht das Bewusstsein zu verlieren, klammerte ich mich fest an Onkel Héraclès' Arm, so sehr hatte ich das Gefühl, mich in eine falsche Welt verirrt zu haben. »Ich bin ja bei dir«, hatte er gesagt, »hab keine Angst.«

Eine heisere, nächtliche Stimme schloss den monotonen Vortrag eines langen Psalms:

Palmis kanpe, palmis sakre
Lavyèj Mari
Vyèj délivrans
Nous sommes à genoux à vos pieds
Gras Mari gras
Jezu pardonnez-nous

Im Anschluss an die Litaneien und die katholischen Gebete sang der *houguenikon.* Seine Stimme riss den Nachmittag in tausend Stücke und traf mich mitten ins Herz. Die Gemeinde wiederholte seine ersten Beschwörungsformeln im Chor und bekräftigte sie, machte sie strahlen. Die Schar der Männer und Frauen, die aus den Büschen und von den nahe gelegenen Hängen kamen, wurde immer größer. Madame Prévilor, eine *ason* in der Hand, trat aus der Menge hervor und übernahm die Leitung des Gottesdienstes. Sie beschwor die dunklen Mächte der Erde, der Luft und des Wassers. Nicht allein die Kalebasse in ihren Händen ließ die Macht der Priesterin erkennen. Vollbusig, eine imposante Erscheinung, verschaffte sie sich auch Respekt durch den strengen Blick, mit dem sie die *hounsis,* ihre Assistenten, und sogar die kräftige Ziege ansah, die an einem der Tore zum Tempelhof an einen Busch gebunden war. Während man den vier Himmelsrichtungen Ehrerbietung erwies, wurden die Fahnen für Geister und Götter in den Himmel des späten Nachmittags gehisst, der sich auf leisen Sohlen davonstahl. Einige Zuschauer klatschten so laut Beifall, als wollten sie die Luft in Stücke hauen. Mir wurde flau im Magen, und ich bekam weiche Knie. Mehrmals schloss ich die Augen, um nichts mehr zu sehen, doch der Lärm wurde umso lauter. Onkel Héraclès bemerkte, wie unruhig ich wurde: »Hast du Angst?«

Aus den Trommeln stiegen tiefe Töne auf, die wieder und immer wieder gegen unsichtbare Mauern stießen, bevor sie in ihr düsteres Grollen zurückfielen.

»Ja.«

Das Klagelied der Trommeln riss nicht ab und schlug breite Schneisen in den Nachmittag. Einen der Trommler hielt es nicht länger auf seinem Stuhl, er stand auf, um seinem gewaltigen Instrument noch mehr Gehör zu verschaffen.

»Aber wovor denn?«

»Weiß nicht recht.«

»Es besteht doch gar kein Grund dazu.«

»Ich weiß, trotzdem hab ich Angst.«

Damals schon wollte ich Poesie ohne Angst, ohne diese uralte Angst, die arme Leute in finstere Räume sperrt und sie dort auf ewig gefangen hält.

Nun kamen die *hounsis*, ganz in Weiß gekleidet, und brachten Blumensträuße, Körbe mit Orangen, an den Beinen zusammengebundene Tauben; außerdem allerlei Leckereien, Alkohol, Düfte. Kurze Zeit später brach ich mit Onkel Héraclès auf, bevor der Tag zu Ende ging, bevor die ersten Straßenlampen die Hauptstraße beleuchteten.

Später erfuhr ich von Madame Boural, dass die *lwas* anschließend ausgiebig zu essen bekommen hatten, die *hounsis* hatten ihre Opfergaben zunächst auf dem Altar dargebracht, dann in eine große Holzschale gelegt. Auch ein stattlicher Ziegenbock, dessen seidiges Fell mit Indigo blau eingefärbt worden war, war in der Nacht geopfert worden. Am Ende der Zeremonie, bei Tagesanbruch, sank die mit Nahrung beladene Schale auf den Meeresgrund, zum Gott Agwe und seiner geliebten Erzulie.

So trotzten Abend für Abend ganze Heerscharen von Tänzern in Trance den religiösen Edikten und Regierungserlassen, erweckten Hunger und Durst aus uralter Zeit und betraten, über die Grenzen aller Gesetze hinweg, die andere Seite der Welt.

Von jener ersten Zeremonie weiß ich noch, dass sie damals widersprüchliche Gefühle in mir weckte, gegensätzliche Stimmen. Da war Brutalität, und da war Schönheit: Es war Leben pur, dieser eindringliche, eingängige Pulsschlag, der sich dem Körper aufdrängte, dem die Seelen sich öffneten. Und da waren, neben Tante Félicias Warnungen, die Geschichten, die Man Bo erzählte, wenn die Nacht anbrach. All das ging mir damals gleichzeitig durch den Kopf, und am meisten Angst machte mir, dass ich das grausige Lachen des Satans hören würde, sobald ich den Fuß über die Schwelle zur Hölle setzen würde.

In jener Nacht träumte ich von Madame Prévilor und ihren *hounsis.* Der große Ziegenbock neigte den Kopf, mal nach rechts, mal nach links, und starrte mich an, während die *hounsis*, auf Madame Prévilors Befehl hin, mich ans andere Ende der Lichtung brachten. Dort verlor ich plötzlich den Boden unter den Füßen und rutschte in einen Abgrund. Das Lachen der *hounsis* wurde leiser und leiser. Vergeblich suchte ich Halt an Grasbüscheln, einzelnen Zweigen, die an den feuchten Wänden des Abgrunds wuchsen. Ich wollte schreien, doch nicht ein Laut kam über meine Lippen. Schweißgebadet, zitternd, fuhr ich hoch. Meine Mutter hörte, dass ich aufstand und die Nachttischlampe anknipste. Sie kam in mein Zimmer und setzte sich zu mir ans Bett. Ich sagte, ich hätte Bauchschmerzen. Ob sie mir das damals glaubte, weiß ich nicht. Wortlos ging sie in die Küche und kochte mir einen Tee aus Anis und Zitronenkraut. Den trank ich in sehr kleinen Schlucken, um meine Mutter so lange wie möglich bei mir zu haben.

***

Ich hatte mit Onkel Héraclès ausgemacht, zu Hause nicht ein Sterbenswörtchen zu sagen. Und ich schwieg wie ein Grab. Doch am folgenden Sonntag tauchten zwei Polizisten bei uns auf, in khakifarbener Uniform, mit großen Schweißflecken unter den Achseln und auf dem Rücken, und erklärten in drohendem Ton, dass sie über Onkel Héraclès' Teufelswerk im Bilde seien. Dass das gesetzlich verboten sei. Dass sie ihm um des Rufes und der Ehre der Familie Anténor willen diesmal das Gefängnis ersparen wollten, ihn das nächste Mal aber einsperren würden. Reglos, mit festem Blick und in der Gewissheit, dass nicht ich den beiden Gendarmen diesen Wink gegeben hatte, hörte ich mir ihre Warnungen schweigend an.

22

Und wenige Tage später dann jenes Bild, das mein Leben prägt. Mein Vater, der mich schlägt, und ich, die ich nicht begreife, wo Pythagoras, der Ibo-Tanz, die Stunden bei Madame Daveau und Tante Félicias Geschichten sich treffen und wo sie einander ausschließen. Ich spüre nur einen trostlosen, schwarzen Wind im Rücken. Mein Unwissen steigt wie eine mächtige Woge in mir auf, überrollt mich. Ich möchte die Frage finden, die einzige, jene, die meinem Körper die wahre Antwort entziehen wird, so wie man einen schmerzenden Zahn zieht. Nach dem brennenden Schmerz auf meiner Wange bin ich nicht besser gefeit gegen all das, was sich mir entgegenstellt, um mir eine Leidenschaft zu verbieten: meine Erziehung, mein Geschlecht und die damalige Gesellschaft. Doch eine Erkenntnis scheint in mir aufzukeimen: so, wie ich hier im Gras liege, ist es mir, Alice Bienaimé, nicht erlaubt, alles zu haben. Dieses Wissen teile ich mit meiner Mutter und Man Bo. Wir drei sind ewig daran gebunden, doch keine von uns würde es je in Worte fassen.

Mir schwirrt der Kopf, ich schlucke das Blut hinunter, das aus einer kleinen Wunde in meinem Mund quillt, es rinnt meine Kehle hinab und überschwemmt meine Seele. Der Schmerz trifft mich bis ins Mark. Ich übergebe mich, mit geschlossenen Augen, mein Körper schmerzgekrümmt. Dann falle ich zurück ins Gras, geschunden, zitternd.

An jenem Abend rolle ich mich auf meinem Bett zusammen und erlaube dem Schmerz, sich in aller Ruhe einzunisten. Meine Mutter trennt schweigend meine Zöpfe auf, zieht mich zu sich heran. Sie legt mir zart ihre Hand auf den Mund, damit ich über das, was geschehen ist, kein Wort mehr verliere, dann legt sie beide Arme um mich. In ihrer Umarmung wiegt uns die ganze Erde wie zwei verlorene Kinder auf einer großen Schaukel, hoch oben in den Wolken. Tränen kullern mir leise übers Gesicht. Meine Mutter macht aus dem Schmerz eine Gnade. Und nimmt eine Last von meinem Blick, meinen Händen, meinem Herzen, meinem ganzen Körper. Ich krieche wortlos unter die Bettdecke. Schmiege mich an den wohlig warmen Bauch der Nacht. Und in jener Nacht haben die Engel ihre Besuche bei mir endgültig eingestellt. Haben feurigen Gedanken Platz gemacht, Gedanken, für die man bereit wäre, auf dem Scheiterhaufen glücklich sein Leben zu lassen.

Durch die Fensterläden habe ich meinem Vater oft nachgeschaut, wenn er, in seinem weißen Alpakaanzug, den vanillefarbenen Panamahut auf dem Kopf, um die nächste Straßenecke bog und verschwand. Jahrelang bemühte er sich, meine Begeisterungsstürme zu bremsen, wollte mich verschlossen und still wie einen See haben. Von jenem Tag an waren wir wie zwei Jäger auf der Pirsch. Ich lauerte darauf, seine Wut herauszufordern, er war meiner unverschämten Freude auf der Spur.

Mein Vater war bis dahin mein strahlender, ferner Held gewesen. Von jenem Tag an aber war er fehlbar, sterblich, und blieb weiterhin unerreichbar, wie ein entfernter, verlorener Landstrich. Viele Jahre später, als ich schon im Exil lebte und oft träumte, dass ich ertrank, erschien er mir im Traum und hielt Leuchtkäfer in die Höhe.

Wie gerne hätte ich später die wachsame Zeit hintergangen, sie getäuscht, um meine Kindheit zurückzubekommen, mich von ihr einholen, einfangen zu lassen. Leider vergebens!

23

Es war Sonntag. Meine Mutter hatte Geburtstag. Sie wurde dreißig und gab aus diesem Anlass ein Fest. Die ältesten Gäste tanzten mit den Kindern. Die Mädchen blieben unter sich, denn die größeren Cousins waren intensiv bemüht, die älteren Cousinen und alle übrigen Mädchen mit ihrem

Charme zu beeindrucken. Onkel Albert hatte dem Punsch eine halbe Flasche Rum zugegeben und durch diesen Kunstgriff die Stimmung unter den zurückhaltenden jungen Männern, den alten Jungfern und allen jungen Frauen, die vom Fleck weg geheiratet werden wollten, merklich gehoben.

Onkel Albert, die Zigarette zwischen den Lippen, Brillantine im gescheitelten Haar, brachte mir den Lambeth Walk bei. Ich mühte mich redlich, ihm, dem selbstsicheren Dandy, zu folgen. Onkel Héraclès beobachtete mich wohlwollend, mit beinahe zärtlichen Blicken. Auf der Stirn meines Vaters zeigten sich kleine Unmutsfalten. Als sich die Gäste aber schon nach wenigen Minuten im Kreis um uns scharten, konnte er nicht anders, als Onkel Albert zuzulächeln, wenn auch mit sichtlichem Widerwillen. Alle sangen im Chor das populäre Lied mit:

Ça se danse très facilement
D'abord on marche un moment
Puis brusquement…

Es war pure Freude, Frische, Leichtigkeit. So glaubten wir alle bis zu dem Moment, als Madame Cécile Privat erschien, in Begleitung ihrer Tochter Laura und der Dame mit dem Sonnenschirm; die unbeschwerte, fröhliche Stimmung der Runde war innerhalb von Sekunden dahin. In ihrer Art erinnerten sie sehr an die berühmten *affranchies,* die freigelassenen Sklavinnen aus Santo Domingo, sie wirkten überaus kokett, waren nach der neusten Mode frisiert und hatten rot lackierte Fingernägel. Ihr sicheres Auftreten und ihr

Großstadtlachen unterstrichen noch die Aura von Müßiggang und Eleganz, mit der sie sich umgaben. Sogar die Luft schienen sie verändert zu haben, in ihrer Qualität, ihrer Dichte und ihrer Menge. Madame Privat hatte von ihrer früh verstorbenen Mutter, neben einer ansehnlichen Mitgift, die Schwäche für Männer geerbt. Und um den Fortbestand der Familie zu sichern, beherrschte Tochter Laura in jungen Jahren bereits alle Regeln der Kochkunst, war unschlagbar gut im Maniküren oder im Färben vorzeitig ergrauter Schläfen. Die Damen vermochten jedem Mann einzureden, er sei einzigartig, verstanden sich aufs Kartenspielen, als besäßen sie eigene Spielsalons, und betonten durch ihr schallendes Lachen auch die leersten Worte noch so betörend, dass selbst der hart gesottenste Mann die Waffen streckte. Wo immer man ihnen begegnete, hofften die Männer der Schöpfung, eine Umarmung wert zu sein, und die Damen spürten die begierigen Blicke auf der Haut wie zartsüßen Honig, der Blut in Wallung brachte, welches ohnehin bereits recht heiß war. Für sie war die Liebe angenehm, unkompliziert, ein Grund zur Freude. Spielerisch leicht machten sie den Männern Lust. Diese, solcherart inspiriert, träumten von ihrem Vergnügen und von den Fesseln des wilden Zickleins Cécile oder von Lauras Grübchen.

Die Ankunft dieses kleinen Schwarms im keuschen Kreis meiner Mutter und ihrer Freundinnen löste allen Anwesenden die Zungen. Madame Labard, die zu einer ihrer Hetztiraden gegen Mussolini hatte ansetzen wollen, wurde jäh unterbrochen. Mademoiselle Claire hatte, sich eifrig Luft zufächelnd, ihrer Nachbarin zugeraunt: »Man erzählt sich, dass …« Und bald hatten auch die übrigen Frauen ihr Teil beizutragen: »Wie es scheint, …«, »Jemand hat sie gesehen und eine meiner Schwägerinnen informiert, und die erzählte mir …« Inzwischen hatte Onkel Albert mich mitten auf der Tanzfläche stehen lassen, um sich Laura Privat an die Fersen zu heften, die er fortan nicht mehr aus den Augen ließ. Gebannt starrte er auf ihren schönen Rücken, die endlosen Beine und ihre vollen, sapotillesüßen Lippen. Entsetzt fühlten sich alle Frauen nun zu einer Flut von Gehässigkeiten animiert; unter heftigem Flüstern, wie ein Chor raschelnder Käfer, beteten sie die Litanei der Helden- und Missetaten Onkel Alberts in voller Länge und genüsslich herunter: »Arme Édith«, »Wir hatten sie ja gewarnt.«

Ich machte aus meiner Not eine Tugend und ging zu Onkel Héraclès auf die Galerie, wo er mit ein paar Freunden, zwischen zwei Gläsern Rum und ein paar halbherzigen Tanzschritten im Wohnzimmer, diskutierte. Edgar Démosthènes, der Maler, spielte mit einer Strähne seiner dichten Mähne und betrachtete die Welt mit zärtlichen und zugleich zweifelnden Augen. Frantz Musdorf, blond gelockt, erschuf die Welt mithilfe primärer und sekundärer Widersprüche neu. Und als Benoît Altimé, der Poet der Gruppe, um ein wenig Ruhe bat, rückten sie dichter zusammen, die Augen auf ein kleines Buch und das Blatt gerichtet, das Benoît eben aus seiner Westentasche zog. Alle vertrauten seinem sicheren Urteil. Er las mit leiser Stimme ein erstes Gedicht, das ich zwar nicht verstand, dessen Titel ich aber äußerst seltsam fand, denn es ging um eine Wolke in Hosen. Ungewöhnlich erschien mir der Ausdruck, schön in seiner Fremdheit. Das

Gedicht, so erklärte Benoît, stamme von einem russischen Dichter, Majakovskij, einem Koloss von Mann. Das zweite Gedicht erschien mir kaum verständlicher, denn hier ging es um »Eine Stille aus Salz, weiß wie eine Schüssel aus Porzellan«, »Ekstase, Trauer, Wollust / Dicht über röchelndem Totengeläut.« Magloire Saint-Aude, ein haitianischer Dichter, hatte es zu Beginn der Vierzigerjahre geschrieben. Und so plauderten sie, mit brennenden Augen, betrunken, berauscht. Mit jedem neuen Glas Rum ließen sie die Erde weiter hinter sich. Bei Onkel Héraclès und seinen Freunden überraschte mich gar nichts mehr. Ich hatte gelernt, mich am Feuer ihrer Gespräche zu wärmen, von der Milch zu trinken, die nach Flucht und nach Morgendämmerung schmeckte, nach allem, was mir verboten war, nach der Straße, nach Madame Prévilors Lichtung, nach Büchern. »Beruhige dich, mein Kind«, sagte Man Bo oft zu mir, »was du nicht weißt, ist größer als du, also bleib, wo du bist.«

Mein Vater stand an der Wohnzimmertür, ins Gespräch mit der Sonnenschirmdame vertieft. Er hatte das mir so vertraute Gesicht aufgesetzt, das er immer trug, wenn er auf ein Ziel zuging, das ihm angemessen war. Der Blick allerdings, mit dem er die Dame an jenem Nachmittag ansah, überraschte mich. Er war mir neu. Und er verletzte mich in der Sekunde, in der ich ihn wahrnahm. Ich beobachtete die beiden. Mein Vater zog sich zurück. Und jener Ausdruck, so erkannte ich später, war der Ausdruck der Schwäche eines Mannes beim Anblick einer schönen Frau. Alles an ihm schien ihr zu sagen: »Wie gerne würde ich mich mit Ihnen verlieren.«

Eine andere Frau raubte mir also den Mann, der mir an einem Morgen im Monat August zugeflüstert hatte, ich sei seine Königin, den Mann, zu dem ich aufschaute wie zu den Sternen. Ich war böse auf die Frau mit dem Sonnenschirm und hatte die größte Lust, ihr Gesicht zu zerkratzen und ihr ein Bein zu brechen. Ich sah kurz zu meiner Mutter hinüber. Wenige Sekunden lang, aus Eitelkeit, bedauerte ich, dass sie nicht ebenso unverschämt und schön war wie diese Frau, und gab sogleich Gott die Schuld, der es versäumt hatte, alle Dinge des Lebens gerecht zu verteilen. Meine Mutter saß in einer Ecke im Wohnzimmer und wischte mit unbekümmerter Geste die Entschuldigungen der Gäste weg, die ein Glas zerbrochen, eine Tischdecke bekleckert oder eine Pflanze ramponiert hatten. Um ihre Müdigkeit zu vertreiben, ließ sie sich ein Glas Punsch reichen und wusste nicht wohin mit ihrer Bitterkeit: in ihre Widersacherin oder in sich selbst? Und so lächelte sie wie hinter einem Schleier und sah von dort aus meinem Vater beim Tanz mit der Sonnenschirmdame zu.

24

Das Esszimmer im vorderen Teil des Hauses ist für festliche Anlässe reserviert; im Alltag essen wir im hinteren Abschnitt, unter der Galerie. Nur wenige Stufen, und wir sind in Man Bos Reich.

An jenem Mittag sitzen wir anfangs zu dritt am Tisch. Ich sitze wie immer auf meinem Platz: links von meinem Vater, der als Hausherr an der Kopfseite des Tisches sitzt, meiner Mutter gegenüber. Auf meinem Platz bekam ich die ersten

Schläge auf den Po und die üblichen Zurechtweisungen zu hören: »Man spricht nicht mit vollem Mund…«, »Das sagt man nicht…« Und wie oft habe ich auf diesem Platz unruhig mit den Füßen gescharrt, weil ich Ameisen in den Beinen hatte und zu gerne aufgestanden wäre. Meine Mutter sehe ich so vor mir, wie ich sie immer kannte, die Frau, die unser Leben in unseren vier Wänden schweigend bewahrte. Doch seit einiger Zeit trägt sie Kleider, die ihr nicht mehr recht passen, der Glanz ist aus ihren Augen gewichen. Ihr Körper scheint sie nicht mehr zu interessieren. Sie war sich damals bereits bewusst, dass sie den Rest ihres Lebens ohne Überraschungen und ohne Lärm würde leben müssen. Links neben mir liegt ein viertes Gedeck. Doch der Stuhl davor ist noch leer. Wie üblich wird Onkel Héraclès erst kommen, wenn wir mit dem Essen schon angefangen haben. Und ich erwarte ihn.

Tatsächlich, wenige Minuten später ist er da, kommt durch den Hinterhof ins Haus. Plötzlich steht er mitten im Zimmer. Ich sehe seine schmale, dunkle Silhouette, schlaksig und resolut. Ich betrachte ihn, Onkel Héraclès, der in wenigen Minuten mein Geheimnis erfahren wird. Noch weiß es niemand.

»Na, was gibt es Neues heute Morgen?«

»Das nächste Zugeständnis«, antwortet Onkel Héraclès aufgebracht. »Und immer an dieselben natürlich.«

»An die Freunde des Präsidenten natürlich. Da müsste man mal ordentlich mit dem Besen durch, das wäre das Richtige.«

Dann verläuft das Gespräch zwischen Onkel Héraclès und meinem Vater so wie sonst, ein Gespräch zwischen

Männern, die unterschiedliche Ziele verfolgen. Doch ihre Worte berühren sich auf ganz eigene Weise, reichen sich die Hände, sogar über die Entfernung hinweg.

Onkel Albert allerdings ist von dieser Gemeinsamkeit ausgeschlossen, doch das weiß er nicht. Sein plötzliches Auftauchen hat die Wirkung eines Fallbeils, einer gefährlichen Säure, die die Atmosphäre vergiftet.

Seine jüngste Reise nach Kuba hat aus ihm den perfekten tropischen Verführer gemacht. Nie geht er mehr ohne Zigarre, weißen Panamahut und seinen Dreiteiler aus reiner weißer Wolle aus dem Haus, und er wird nicht müde, vom unvergleichlichen Hüftschwung der Kubanerinnen bei Danzon und kubanischem Rum zu schwärmen. Nach Art des Hauses Albert würzt er alles mit scharfem Spott und Zynismus. Doch von einem wissbegierigen Entdecker hat Onkel Albert offenbar nichts. Die neue Art, sich zu kleiden, das plötzliche Interesse an Kuba, den Kubanerinnen, an Rum und Zigarren unterstreichen nur seinen zweifelhaften Charme, den viele Frauen an Männern, die auf die schiefe Bahn geraten sind, so unwiderstehlich finden.

Nach den üblichen Begrüßungen kommt er ohne Umschweife auf seine Lieblingsthemen zu sprechen, die Flure in den Ministerien und die Wartesäle der Industriellen und reichen Kaufleute. Onkel Héraclès herrscht ihn an. Onkel Albert lehnt sich im Schaukelstuhl zurück, zieht an seiner Zigarre und antwortet, ohne ihn anzusehen, sieht den Rauchschwaden nach, die über seinem Kopf davonschweben: »Héraclès hat also Seelenzustände, er zeigt Gefühl, sieh an, sieh an. Was wirfst du unserem Land heute denn so vor?

Nenn mir eine Epoche in unserer Geschichte, die glücklich gewesen wäre?«

Er macht eine kleine Pause, schaut Onkel Héraclès groß an und sagt dann: »Nicht eine! Und falls du's genau wissen willst, es wird auch keine geben.«

»Du bist und bleibst ein alter Zyniker.«

»Ihr habt doch nichts begriffen, mein kleiner Héraclès. Die Freiheit ist eine Illusion. Eine sehr moderne Illusion übrigens. Ein neuer Einfall von ein paar Weißen, die sich im Westen langweilen. Negergeschichten werden immer Negergeschichten bleiben.«

Er steht auf, ohne eine Antwort abzuwarten, und bittet Man Bo, die wie immer in der Küche vor sich hin grummelt, um ein Glas Rum. An jenem Tag isst Onkel Héraclès schweigend und setzt sich anschließend ins Wohnzimmer, um Zeitung zu lesen. Ich folge ihm. Noch immer weiß niemand von meinem Geheimnis. Ich setze mich dicht neben ihn. Nur noch leise sind die Gespräche auf der Galerie zu hören. Wir sind schon sehr weit weg von den anderen. Meine Worte brennen mir auf der Zunge. Ich werde sie Onkel Héraclès ins Ohr flüstern. Er allein wird mein Geheimnis mit mir teilen. Ich nehme ihm vorsichtig die Zeitung aus der Hand. Er protestiert nicht.

»Ich gehe tanzen.«

»Wie schön, ich weiß, dass du dich gerne bewegst.«

»Nein, verstehst du nicht, ich werde nur noch tanzen.«

»Wie, nur noch tanzen, nichts anderes mehr?«

»Ja, richtig tanzen, wie die Frau aus der Zeitschrift, die Tante Hélène uns geschickt hat.«

»Na sag mal, das ist ja eine echte Neuigkeit.«

Er sieht mich lange an und lächelt dabei, als sei er gar nicht allzu überrascht. »Ich warne dich, wenn du sie schockieren willst, geh es richtig an, gib dich nicht mit lauwarm zufrieden. Keine halben Sachen, hörst du!«

»Warum nicht, Onkel Héraclès?«

»Weil das Leben nicht gern wie ein braves Kind behandelt wird.«

Er überlegt ein paar Sekunden und meint dann: »Eines Tages werden sie es akzeptieren.«

***

Zwei Tage später begleite ich Thérèse, Frantz, Onkel Héraclès und Edgar ins Centre d'Art zur großen Kunstausstellung von Wilfredo Lam. Auch der Maler ist dort. Fasziniert betrachte ich diesen kleinen Mann mit kupferfarbenem Teint und asiatischen Zügen, der da am Ende des Saales sitzt.

Er bewegt sich sehr langsam und lässt seine Augen rastlos umherschweifen: streift Männer, Frauen, Gegenstände. Kreuzt man seinen Blick, so scheint es ein Versehen zu sein: Seine Augen halten keinem Blick stand, sondern suchen sich schnell ein anderes Ziel. Vierzig Jahre später sehe ich das Bild eines Mannes vor mir, der nie im Augenblick verharrt, sondern unaufhörlich zu neuen, strahlenden Bildern und vergessenen Melodien unterwegs ist. Als ich seine Bilder sehe, bin ich fast fassungslos, verstört von deren verschwenderischer und zugleich verhaltener Art, von der Malerei der Stille und Betriebsamkeit, die sparsamste Gesten mit Überfülle paart, als fiele Lam die Entscheidung für eine einzige

Daseinsform schwer. Diese Malerei gibt sich zugleich sich selbst und dem Schatten, der sie trägt. Ein verlorenes Paradies, nicht einfach in die Zukunft gerichtet, sondern uns in der Zeit unendlich weit voraus. Ich möchte so schnell wie möglich gleichzeitig in beide Richtungen laufen, um ihren Sinn zu verstehen. Urpflanzen, Urgewitter, Wasserläufe, dichter Dschungel und dennoch auch Stadt, Geschwindigkeit und Schwindeltaumel. Da ich wohl weiß, wie vergeblich ich laufen würde, bleibe ich einfach stehen, lasse die Lawine aus Licht und Farben und Formen auf mich wirken, bis mir fast schwindelig wird, und sage mir, dass ich so tanzen möchte, wie dieser Mann malt.

25

Es begann ein heißer Juli. Heiß wie die ersten Blicke, mit denen uns die Jungen bedachten. Thérèse und ich waren kapriziös geworden, kokett und keck. Die Erwachsenen behielten uns im Auge. Unsere Väter schlugen alle jungen, furchtlosen Hähne in die Flucht, indem sie einfach die Brauen hoben; unsere Mütter achteten diskret, aber unnachgiebig auf das Blut, das zu jedem Neumond neu würde fließen müssen. Die Sonne, die zu Anfang jenes Juli 1945 vom Himmel schien, spielte mit uns, ließ unsere Haut goldbraun glänzen und unsere Augen funkeln. Wir begannen jeden neuen Tag, als würden wir ein neues Kleid anziehen, und schrieben ganze Hefte voll mit Liedern von Tino Rossi. Oft, wenn wir frei hatten, uns unbeschwert fühlten, borgten wir uns Bücher von Benoît, Edgar, Onkel Héraclès oder Frantz. Und deren Seiten offenbarten ungeahntes Glück. Umso mehr, als uns manch eines dieser Bücher verboten war. Ich war von Worten besessen wie man von Göttern besessen sein kann; wenn ich las, war mein Blick verklärt, und erst auf der letzten Seite kam ich wieder zu mir. Bald bestand für mich kein Unterschied mehr zwischen den Personen, die in den Büchern lebendig wurden, und den Menschen, mit denen ich lebte. Lange blieb ich still, im Einklang mit meinen Wünschen. In einer in Schweigen gehüllte Welt, die allein dort leuchtete, wo heilige Zeichen sich zeigten, Zeichen des Wahnsinns, der Liebe, die Mütter zur Raserei trieb, Zeichen des Feuers, das Liebende verzehrt, Zeichen am Rande der Ewigkeit.

Die Körper noch zögernd, die Seelen zart, waren wir sehr empfänglich für all die Worte, süß wie Guave und Zuckerrohr, die unsere Blicke tanzen machten wie Schmetterlinge und den Puls höher schlagen ließen. Diese ersten starken Gefühle, die glühende Hitze unter der Haut raubten uns den Schlaf. Außer über uns selbst sprachen wir, wie hätte es anders sein können, am liebsten über Jungen. Bis dahin hatten wir, abgesehen von unseren Cousins, nur mit den jungen Männern aus Onkel Héraclès' Bekanntenkreis Kontakt. Sie allein waren für uns maßgebend, waren unser Fixpunkt am Horizont und unsere einzige Gegenwart. Diese jungen Hähne, die geräuschvoll mit den Flügeln schlugen und elegant ihre spitzen Sporne zur Schau trugen, waren uns wesentlich lieber als die linkischen Knaben in unserem Alter, die in der Gewalt der Hormone waren. Aus allen aber, den jungen und den weniger jungen sprach, angesichts des neuen Feuers in unseren Augen und der plötzlich unübersehbaren Rundungen, die Hoffnung auf Spiele ganz neuer Art. Wir fürchteten, und sehr zu Recht, die Herren könnten Hand anlegen. Also hatten Thérèse und ich unsere Körper abgegrenzt, wie Kriegsgebiete in Zonen aufgeteilt; in manchen war Berührung mit dem Feind gestattet, in anderen wurde sie toleriert, in wieder anderen war sie strikt untersagt. Ein Kuss auf die Lippen war unsere erste Demarkationslinie. Der Kuss erschien uns zum einen akzeptabel, denn er machte uns mit ersten Empfindungen der Leidenschaft vertraut; zum andern stellte er keine ernsthafte Bedrohung dar und war folglich ungefährlich. Die anderen Mädchen, unsere Cousinen und Klassenkameradinnen, ließen in jenen Jahren einiges mit sich machen, wie die kleinen Schwestern der Armenkinder. Thérèse und ich wollten um keinen Preis als verängstigtes Freiwild oder willige Opfer enden. Wir beneideten die Jungen um ihre Welt, die uns abenteuerlich und grenzenlos erschien, eine Welt, in der man nach Herzenslust Truthähne jagen, im Fluss baden, Fahrrad fahren und die Spatzenschleuder nutzen konnte. Die Jungen kamen erst spät abends nach Hause, sprachen laut Créole und fluchten nicht schlecht. Und wir lauerten darauf, dass sie einen Fehltritt machen, sich verraten würden, und waren auf der Jagd nach ihren Geheimnissen, die sie freiwillig weder eingestanden noch preisgegeben hätten.

26

Die Tage zwischen dem Sommer 1944 und Anfang 1946 schmeckten nach Staub und nach Licht, fast nach Glück. Die noch schlafenden Straßen, die stillen Steine schienen zu erwachen. Nicolas Guillen und Alejo Carpentier waren die ersten in einer langen Reihe von Gästen, die unser Land in der Hoffnung besuchten, der Puls der Welt schlüge hier anders. Zu den Rhythmen einer Trommel, die er tief in sich trug, hatte Guillen, begleitet von Jacques Roumain, eines Abends vor einer Abschlussklasse am Lycée Pétion der Sprache Cervantes' so viel Musik entlockt, dass es Onkel Héraclès, Benoît, Edgar und Frantz, die ihm auch gebannt lauschten, die Sprache verschlug. Im Paramount Kino sprach Alejo Carpentier vom magischen Realismus, ein passenderer Ausdruck war nicht zur Hand, und legte dar, wie sich hier der Dialog mit dem Imaginären, die wörtliche Rede mit der Welt der Vorstellung verband. Ich sah Onkel Héraclès und seine Freunde im Wahn einer absoluten Zeit, einer Zeit voller Höhenflüge. Von Wörtern und Visionen berauscht, empfingen sie wie im Fieber und mit überschwänglicher Begeisterung Aimé Césaire, Doktor Dubois, Jean-Paul Sartre und Wilfredo Lam. Im Savoy, unweit vom Exerzierplatz, mischte man den teuren Barbancourt-Rum schon mit den ersten amerikanischen Sodas. Das Zentrum der Kunst öffnete seine Pforten für die ersten naiven Maler und gab damit den Auftakt zu einem fulminanten ästhetischen Abenteuer. Doch auch am Boden zerstört sah ich sie, alle, tief betroffen vom Tod Jacques Roumains. Sein Roman *Herr über den Tau* hatte alle seine Leser bewegt. Sogar von Genie war die Rede. Onkel Héraclès' Freunde trafen sich immer häufiger, die Diskussionen wurden lebhafter. Sie dauerten länger und endeten manches Mal erst im Morgengrauen. Sie griffen um sich wie Lauffeuer und fanden überall statt, auf den Bänken am Exerzierplatz, im Lycée, an der Universität. Als *Étincelles,* René Depestres erster Lyrikband erschien, sprühten wahrhaftig die Funken, die Wörter fingen Feuer. Noch heute höre ich meinen Onkel Verse vortragen wie mit einem Flammenwerfer:

Moral: sagt mir nichts
Gerechtigkeit: sagt mir nichts
Wolken: sagt mir nichts
....
Das Blut hat jeden meiner Herzschläge verraten

Jacques Stephen Alexis hatte gerade seinen *Brief an die alten Männer* geschrieben, um ihnen zu sagen: »Ihr seid gewiss Exzellenzen, erfahren ohne Grenzen, Kompetenzen, das wissen wir, weil Ihr schon als Hundertjährige zur Welt kommt, und wir sind nicht böse, wenn wir sagen hören, wir seien Impertinenzen, Pomeranzen, Süffisanzen«, den er unterschrieb mit: »Ich bin bloß ein junger Mann, der leidet am Alter der Welt, die Ihr unterhaltet…«

Und alle waren sie dieser langen Gestalt wenigstens einmal durch das Labyrinth der elenden Straßen im Viertel Bel-Air gefolgt. In diesen engen Gässchen, die sich zwischen bröckligen Fassaden ihren Weg bahnten, stieg ihnen der Geruch wahrer Armut in die Nase, derer, die seit Urzeiten arm sind. Landauf, landab wurden Blicke plötzlich brennender, und man schaute den Zaungästen misstrauisch nach, wenn sie weiterzogen. Wie Sternschnuppen huschten sie durch die bedrohliche Stille, die einen noch unhörbaren Aufschrei zurückzuhalten schien. Ein Aufschrei, der aus der Tiefe der

Zeit in die Stadt kam, die fortan keine Ruhe mehr fand. Alle sehnten herbei, was geschehen würde, und ich empfing durch sie das Echo der Welt.

In jener hoffnungsvollen Zeit wurde unser Haus ein Zufluchtsort für junge Menschen, die angestrengt ihren Weg suchten. Sie überboten einander im Ansammeln von Wissen und Informationen über alle erdenklichen Themen. Ihr Gedächtnis war hungrig, ihre Augen aufmerksam. Hob einer die Schwarzen der *Amicale* in den Himmel, hielt mein Vater ihm die Mulatten der *Nation* entgegen und umgekehrt. Ähnlich ging es in Diskussionen über Klassen und Geschlechter. Mein Vater, kein redseliger Mensch, formulierte hier einen Zweifel, warf da eine scherzhafte Bemerkung ein und brachte Gespräche, die sich zu den Sternen verirrten, auf den Boden der Tatsachen zurück. Er verstand sich bestens darauf, andere in den Irrgarten seines rätselhaften Lebens zu führen: Die Wörter, die sie hörten, die Standpunkte, auf die sie trafen, waren für sie wie eine zweite Haut, die die erste allerdings schon so lange bedeckte, dass die beiden nicht mehr voneinander zu unterscheiden waren. »Ich habe gelernt, weder blau, noch rot, noch grün zu sein. Ich habe alle Ismen dieser Welt längst hinter mir gelassen«, sagte er gerne.

Jede Herausforderung dieser Art zog unweigerlich einen Schlagabtausch unter Onkel Héraclès' jungen Freunden nach sich, dessen Regeln auch mir bald vertraut waren. Wortgefechte wurden oft bis spät in die Nacht hinein ausgetragen. Auch mein Vater war in seiner Jugend, so wie sein junger Bruder damals, von einem unsichtbaren Sog erfasst worden. Doch die Strömungen damals waren rein intellektueller Natur. In den entscheidenden Jahren vor der ersten Besatzung durch die Amerikaner verdaute das Land den Übergang ins zwanzigste Jahrhundert nur schwer. Die Jugend las damals nicht Marx, sondern haitianische Historiker wie Louis Joseph Janvier oder Philosophen wie Kant oder Auguste Comte. Jene, die überlebt hatten, waren aus dem Rampenlicht ins zweite Glied zurückgetreten. Mein Vater, Arzt ohne Vorgeschichte, sah sich noch in den Vierzigerjahren als Freidenker, der er nicht mehr, ja vielleicht nie wirklich gewesen war. Das, was in Onkel Héraclès' Umfeld im Entstehen begriffen war, glich im Grunde dem, was ihm in seiner Jugend Hoffnung gegeben hatte, nur war die Zusammensetzung anders. Die jungen Leute wollten die Welt verändern, wie er damals auch, doch sie wollten es sehr schnell und von Grund auf.

Doch weder mein Vater noch Onkel Héraclès und seine Freunde konnten die furchtbaren Ereignisse voraussehen, die ein Jahrzehnt später folgten. Unter einer Hand voll arroganter Mulatten entbrannte ein zäher Streit auf Kosten einiger Hundert Schwarzer. Eine Katastrophe für Tausende von Männern und Frauen wie Man Bo, Élien, Madame Prévilor, Lusignan oder Man Dia. Von ihren hitzigen Disputen bis zu den entsetzlichen Ereignissen, die folgen sollten, war es nur ein Schritt. Der war im Nu getan.

27

Am Abend vor Schulbeginn, im September, hatte mich ein Merengue, den ich mit Edgar getanzt hatte, in leichte Erregung versetzt, und ich war prompt so naiv zu glauben, ich sei verliebt. Zumindest befiel mich eine leise Ahnung, denn immerhin kam ich in das Alter, in dem man solcherlei von uns erwartete. Doch ich verbarg meine Gefühle, weil ich befürchtete, sie könnten bei meiner Mutter oder meinem Vater einmal mehr auf Unverständnis stoßen und mich innerhalb unserer vier Wände stärker denn je isolieren. Man Bo hatte mir schon gesagt, wie enttäuscht sie war, dass ich mich in diesen mittellosen Maler verliebt hatte, diesen hageren Kerl ohne klangvollen Namen, und tiefschwarz dazu. In ihren Augen war blinde, selbstlose Liebe gefährlich. Nichts und niemand konnte sie von der Überzeugung abbringen, dass Edgar mir ein magisches Gebräu eingeflößt haben musste, um die Barrikaden niederzureißen, die in vielen Jahren mühevoller Erziehung errichtet worden waren. Schonungslos malte sie mir alle Schrecken und Qualen aus, denen ich durch ein Leben mit Edgar unterworfen wäre: »Während er malt, wirst du tanzen, wenn ich dich recht verstanden habe. Den lieben langen Tag. Und wer ernährt eure Kinder, kannst du mir das vielleicht sagen? Diese Flausen hat dir Onkel Héraclès mit seinen Geschichten in den Kopf gesetzt.«

Wenn sie so redete, glaubte ich, die andere Seite der Welt der Erwachsenen zu hören, die der Ohrfeige und der Schule. Also versteckte ich meine erste Liebe wie eine Sünde und trug sie alleine, mit spitzen Fingern. Ich wusste, dass ihnen allen im Grunde ihrer Seele Frantz Musdorf lieber gewesen wäre. Frantz Musdorf genoss bei Man Bo gleich dreifach Ansehen. Er war Onkel Héraclès' Freund, er entsprach dem allgemeinen Schönheitsideal: glattes Haar, schmale, leicht gebogene Nase und sehr helle Haut. Und zudem war er reich. Damals hatten seine Vorfahren alle unschönen Dinge bereits verbrochen. Er wusste nicht, was es hieß, hart zu arbeiten, um sich Grundlagen zu schaffen, auf denen man aufbauen konnte. Er konnte genießen, was es an der Oberfläche gab, den Lack; die glänzende Schale schien seine zweite Natur. Frantz war der einzige von uns, auf den ein Erbe wartete. Und als sein Vater, Enkel deutscher Großeltern, Ende 1941 für einige Tage hinter Gitter kam, stieg er in Man Bos Augen zum wahren Märtyrer auf. Ich aber werde nie den geringschätzigen Blick vergessen, mit dem sein Großvater Thérèse und mich maß, als er uns in den großen Sesseln im Wohnzimmer der Familie sitzen sah. In unserer Begeisterung für Bücher hatten wir uns spontan dort hingesetzt. Doch für Großvater Musdorf waren wir nichts weiter als zwei dahergelaufene Negerinnen, die bei ihm eingebrochen waren. Der alte Musdorf gehörte noch einer Generation an, in deren Augen nur die Negerinnen die Gnade des Hausherrn fanden, die zwischen zwei Tanzschritten und ihrer Feldarbeit schweigend die Schenkel spreizten und alles hinnahmen. Wenige Jahrzehnte zuvor noch hätte er uns mit Gerten- und Peitschenhieben aus diesem Wohnzimmer vertrieben.

Fünf Jahre lang war Edgar mein faszinierender Mentor. Ich fand ihn so geheimnisvoll wie ein vom Wind angewehtes Wort. Er führte ein unstetes Leben, das manchmal flüchtig zu leuchten schien. Seine Ängste hatten die nachtblaue Eleganz des Tropenhimmels im Dezember. Über seine Herkunft schwieg er beharrlich. Von seiner Mutter sprach er nur selten. Sie zählte zu den Ereignissen in seinem Leben, über die er so hastig hinwegging wie über glühende Kohlen. Eines Tages erwähnte er beiläufig, dass sein Vater ein ungehobelter, gewalttätiger Mann war, der seine Mutter verließ, als er, Edgar, noch im Larvenstadium, winzig und feucht am Bauch der Mutter klebte. Als er zwölf Jahre alt war, verließen sie Jean Rabel, die Stadt, in der Edgar, wie Tausende andere auch, als Junge mit unbekanntem Vater aufgewachsen war. Doch in unserer kleinbürgerlichen Welt wurde er zum Bastard. Und als Bastard bewahrte er sich seine versteckte, zauberhafte, fürchterliche Kraft.

Sehr schnell distanzierte er sich von den naiven Malern des Kunstzentrums und ging lieber auf eigene Faust auf die Suche zwischen den Auswüchsen der Dadaisten und Kubisten und seinen inneren Dämonen. Die Malerei ersetzte Edgar den Vater, ersetzte alles Fehlende, alle Abwesenheiten, sogar die Abwesenheit Gottes. Ich saß ihm ein einziges Mal Modell. Die Hände artig auf dem Schoß gefaltet, den Kopf leicht geneigt. Er hatte mich mit Absicht älter gemacht, ohne dass ich verhärmt wirkte, und mein Mund war übergroß: »Diese Frau wirst du sein, wenn du dreißig bist.«

»Warum hast du meinen Mund so groß gemalt?«

»Damit er auf Unglück und Freude gleichermaßen Einfluss hat.«

Dieses Porträt hat mich nie mehr verlassen. Ich nahm es mit an jeden Ort dieser Erde wie einen Talisman. Edgar ist eine stattliche Königspalme, die mein Leben behüten wird, bis zuletzt.

28

Dezember 1945. Die Stadt schien aufgekratzt, gut gelaunt, von einem leichten Fieber befallen. Eine bis dahin nie gekannte, sanfte Wärme machte uns plötzlich bewusst, dass wir auch aus Bäuchen, Stimmungen und Muskeln bestanden. André Breton sprach von der »Entwicklung des Freiheitsbegriffs«. Onkel Héraclès und seine Freunde und Bekannten verfolgten die Ereignisse seit langem aufmerksam, immer beobachtend, ob sich in der steigenden Fieberkurve kein Absatz andeutete. Eine unheilvolle Atempause. Ein Abszess an einer alten Wunde, der sich wieder neu bildete. Wir warteten alle darauf, dass er sich öffnen und das Fieber abklingen würde. Nie wieder sah ich so viele Menschen bedeutungsschwere Blicke tauschen, so entwaffnend lächeln, so viele Tränen weinen. Niemals wieder solch erfüllte Tage, die bald übervoll, schier unerträglich wurden. So oft hatte Onkel Héraclès davon geträumt, dass die Stadt eines Tages ihre alten Lumpen los wäre, nackt und bloß in ihren Wunden und in ihrem Ruhm, dass ihm gar nicht bewusst wurde, wie bald er alleine durch dieses Glück marschieren würde.

Es folgten Tage des Aufruhrs, ein vereitelter Mordversuch am Präsidenten Lescot, in den offenbar der Schriftsteller Jacques Stephen Alexis verwickelt war, und vor allem schossen politische Gruppen wie Pilze aus dem Boden. Im Leconte-Park sangen die Leute sogar die Internationale. Anders als beim Abzug der Amerikaner, durfte ich diesmal nicht mit durch die Straßen ziehen. Ich durfte mich nicht unter die strahlenden Körper mischen. Ich sah nicht, wie aufgewühlt die Stadt war und wie sie ihre Kinder auf die Straßen ließ, Kinder, die Transparente in die Höhe reckten, Fahnen schwenkten und riefen: »Es lebe der Streik! Es lebe der Streik!«

Ich war eine junge Frau geworden, war kein Kind mehr, und die wilde Menge vom 21. August 1934 war nun kaum mehr zu bändigen. Mag sein, dass sogar die Dompteure selbst es mit der Angst zu tun bekamen. Mit jeder neuen Aufwallung brach aus den Gassen, engen Korridoren, Häusern und *lakous* all das hervor, was sie überhatten. Die Stadt wurde in ihren Grundfesten erschüttert, und das Beben wollte kein Ende nehmen. Fünf Tage in Folge kam mein Onkel im Januar 1946 mit Geschichten und Berichten nach Hause, die erst verrückt, dann beängstigend klangen. Er beschrieb mir das finstere, gewaltige Grollen, das aus der Stadt aufstieg, sich unaufhaltsam seinen Weg durch die Straßen bahnte und alles mit sich riss. Ein Gebrüll, so sagte er, das nicht von Menschen kam. Es kroch aus dem Bauch eines Lindwurms mit tausend Köpfen, tausend Beinen und ebenso vielen Armen.

Als Onkel Héraclès am ersten Abend nach Hause kam, hatte ich den Geruch sofort erkannt. Den Geruch, der von nirgends sonst herrühren, nichts anderes sein konnte als die Urdünste der Welt. Ein tierischer Geruch, der mir, als ich damals mit meinem Vater durch die Straßen spaziert war, zunächst den Atem verschlagen hatte, an den ich mich aber bald gewöhnte. Der Geruch nach Wut, der einem so schnell in die Nase steigt, nach menschenüberfüllten Märkten, nach Meer, nach Seetang, nach vom Regen fruchtbar gemachter Erde, nach Fäulnis, nach dem Geruch leichter Mädchen, Clairin, Bordellen, fremden Städten, fernen Häfen, der Geruch nach Hunger, der in den Wahnsinn treibt, nach frischem Blut, nach Überschwang und Erschöpfung. Onkel Héraclès stieß Wörter hervor, in heftigen Wellen. Und mit jedem Wortschwall hatte ich teil am Geschehen, trank tropfenweise aus dem Kelch, der uns in jener kurzen Jahreszeit alle in Rausch und Freudentaumel versetzte.

Das Ende kam schnell. Sehr schnell.

Wenige Tage später hatte der Gesichtsausdruck meines Vaters sich verändert; das Lächeln des abgeklärten Mannes, den nichts mehr erschüttern konnte, war einer verkniffenen Miene gewichen, die mir an ihm völlig neu war. Er schien nachdenklich, besorgt. Besorgt vor allem um Onkel Héraclès, der sich lange schon nicht mehr bemühte, der Welt zu gefallen, weil er überzeugt war, bereits zu viel Unglaubliches gesehen zu haben. Nach den jüngsten Ereignissen aber hatte er sich zurückgezogen, war in eine Art Dämmerzustand verfallen. Seine Hoffnungen waren naiv gewesen, überhöht, wie alle Wünsche, die auf einer zu klaren Unterscheidung zwischen Gut und Böse, Gestern und Morgen gründen. An einem regnerischen Abend im März 1946 hörte ich ein Gespräch zwischen ihm und meinem Vater. Was Onkel Héraclès sagte, kam nicht in einzelnen Wörtern, sondern brach aus ihm hervor wie Blut, das aus einer Wunde spritzt: »Das hab ich nicht gewollt.«

»Es musste so kommen; und du hast getan, was du tun wolltest, was du tun musstest. Punktum.«

»So? Was wollte ich denn, deiner Meinung nach?«

»Dich selbst formen wolltest du, aus einem ursprünglichen, kraftvollen Material, du wolltest dich an etwas Hartem reiben. Und das hast du ja geschafft.«

Ganz gewiss habe ich Onkel Héraclès nie stärker geliebt als in jenen Tagen, als ich ihn unsicher sah, wie er plötzlich von Zweifeln gepackt war und seinen Ärger unterdrückte. Mein Vater hingegen betrachtete seelenruhig die offene Hand des Schicksals, die Waagschale unseres Lebens.

29

»Edgar, was machst du, wenn du nicht bei uns bist?«

»Ich gehe spazieren und schaue mich um.«

Ich bin neugierig. Schier wahnsinnig vor Neugierde. Ja, verrückt nach Wissen, ich will verstehen. Um mir zu antworten, führt Edgar mich an einem späten Freitagvormittag, gespannt und wortlos, wie man neben einem bockigen Kind hergeht, durch das Gewirr von Straßen, die ächzen unter der Last aller Ausdünstungen der Welt. Er macht große Schritte, und ich folge ihm wie in einem magischen Ritual. Was ihm nur allzu vertraut ist, ist für mich eine Entdeckung, schlägt mir zum allerersten Mal entgegen: der Gestank der Abflussrinnen nach Notdurft, nach Auswurf, nach Latrinen, die von Regenwasser überquellen, der beißende Geruch von Achselschweiß, von überstrapazierten Schenkeln. Aus Morastlachen in den winkligen Gassen, den verschlungenen Gängen steigt fauliger Verwesungsgeruch und stülpt sich als Dunstglocke über alles. Ein Tier wäre wohl erschreckt zurückgewichen. Während ich der langen Reihe der baufälligen Häuser folge, mit ihren notdürftig verputzten Fassaden und Fenstern, die aussehen wie weit aufgerissene Augen, starre ich in zahnlose Gesichter, sehe löchrige Matratzen, an Wände gelehnt, die der Sonne ihr Innerstes offenbaren, fleckige Schlupfwinkel für Käfer und Wanzen, übersät mit Spuren von Urin, Regelblut und Unzucht. Und erst die Türen all der Bruchbuden! Von zahllosen Rissen durchzogen, vom heißhungrigen Regen und den Jahren zerfressen. Ich begreife nicht sofort, dass das Leben derart erbittert sein kann, ohne ersichtlichen Grund. Aus Gewohnheit, aus Bosheit, aus purer Angriffslust. Um hastiger zärtlicher Gesten willen, die man sich stiehlt, auf ärmlichen Betten, am nackten Boden eines engen Korridors, oder unsanft gegen eine Hauswand gedrängt, die Beine gehoben, unterdrückt stöhnend, lautlos keuchend, stumm seufzend. Denn das Brot ist hart und die Begierde der Männer grenzenlos.

Edgar nimmt mich am Arm, und ich gehe dicht an ihn gedrängt weiter. Plötzlich bleibe ich stehen, denn ich höre Stimmen, ein wildes Durcheinander und ein Lachen, das so viel Kraft hat wie ein reißender Fluss. In dieser Stadt sprechen die Menschen laut und vernehmlich zu ihren Göttern. Das ist auch die Stimme seiner rätselhaften, geheimnisvollen Mutter, die ich nie kennen lernen werde. Als ich Edgar meine erste Frage über diese Straßen stelle, antwortet er mir, dass es nichts zu sagen gebe: »Hier und hier allein verdaut die Stadt Tausende von Seelen, die sie tagtäglich verschlingt. Du stehst mitten in ihrem Bauch. Und hier ist die Kraft so gewaltig wie der Hunger.«

Aus seinen Worten spricht versteckte Wut, die Wut, mit der er die Welt um Rechenschaft angehen will, mit der er eine Revolution begrüßen wird. Die Revolution, für ihn der einzige Weg, endlich seine Mutter anzunehmen.

In diesem Augenblick der Geschichte weiß ich nicht, wer von uns beiden zuerst bereit ist, nachzugeben. Unser Gespräch hat bald weder Anfang noch Ende. Als Edgar schweigt, stillt er insgeheim bereits alle Sehnsüchte, die in mir wachsen, die kleinen und die großen. Doch das verrate ich ihm nicht. Noch nicht. Er schaut mich verstohlen an, freut sich an dem Geschöpf an seiner Seite, halb Frau, halb Kind, und amüsiert sich köstlich über meine Verwirrung. Unsere Umgebung ist fortan schlecht bewacht. Und so zieht sich unser Spaziergang in die Länge, irritierend, fast quälend sanft. »Alice«. Zum ersten Mal flüstert Edgar meinen Namen, sehr leise, so leise, dass die drei Silben sich in Nichts auflösen, aufgehen im Atem und im Licht der ruhenden Stadt. Es ist drei Uhr nachmittags. Ein Freitag im August. Es ist drückend heiß. In den Tropen eine fast grausame Stunde. Alte Männer sitzen in ihren Schaukelstühlen, vor Häusern mit halb geschlossenen Fensterläden, und schlürfen einen letzten Kaffee. Ihre Erinnerungen tanzen in den transparenten Schatten über dem Asphalt. Ahnungslose Kinder zertreten sie lachend.

Dann kommt die Stunde, zu der ohne jede Warnung die großen Gefühle erwachen. Sie öffnen die Seele wie der Wind eine Tür. Also folge ich Edgar weiter, langsam, bin erfüllt von zufriedener, glücklicher Wärme. An jenem Nachmittag werde ich nicht zu Madame Daveau gehen und werde lügen. Bald würde ich auch meine Mutter, meinen Vater, Man Bo und wiederum Madame Daveau belügen. Ich würde lügen, um zu leben. Das hier konnte ich mit niemandem teilen.

Man Bo wird mich beobachten. Morgens, wenn ich erwache, abends, wenn ich zu Bett gehe. Unermüdlich. Mehr noch wird sie wachen über das Blut, das die Monde fließen lassen müssen, wieder und wieder.

30

Und wie immer sind meine Augen überall: Ich betrachte die Wände, den Fußboden, die Vorhänge, Edgars Hände, seinen Oberkörper und seine Augen. Meine Neugier ist so stark, dass sie mich für einen Moment von ihm ablenkt. Jene Neugier, die Männer immer missverstehen werden. Es ist eine tiefe, uralte, fast primitive Neugier, die weit über sie hinaus reicht.

Edgar fixiert mich. Ich halte seinem Blick stand. Wir sind sprachlos. Wir finden keine Worte, weil etwas anderes sie völlig verdrängt hat. Wir sind verblüfft, wie verzaubert. Zauber, Verlangen, Zurückhaltung, alles kommt zusammen. Ein schwieriger Moment. Unsere Hände weichen einander aus. Edgar geht ein paar Schritte und steht am Fenster dieses seltsamen Zimmers am Stadtrand. Ich setze mich auf die Bettkante, er kommt und setzt sich neben mich auf den Boden. Er zündet sich eine Zigarette an. Seine Hände zittern ein wenig. Ich betrachte sie und schließe die Augen. Bis heute weiß ich nicht, ob er die Zigarette zu Ende geraucht hat.

Ich weiß nur noch, dass Edgars Hände nie grob sind. Unsagbar sanft berühren sie mein Gesicht, mein Haar, meine Augen. Ich öffne sie wieder, um zu sehen. Eine Hand verlässt das Gesicht, gleitet am Hals hinab, streichelt die Brust, setzt ihren Weg fort, gleitet tiefer. »Mach die Augen zu«, flüstert er.

Die unfassbare Wärme, die Zärtlichkeit und die spielerische Brutalität der Nacht treffen mich völlig unvorbereitet. Noch heute bin ich sicher, dass Edgar große Angst hatte. Große Angst, nicht weit genug gehen zu können, und zugleich Angst, gar keinen Anfang zu finden. Und in dieser Angst lasse ich ihn gewähren. Während er mich mit beiden Händen hält, weil ich Schmerzen habe und blute, finden wir zueinander, in Furcht und sinnlicher Freude. Durch die Fensterläden gefiltert dringen Farben und Geräusche des Nachmittags zu uns ins Zimmer. In der Abenddämmerung und im Unbekannten werde ich Edgars Frau. Auf seinem schmalen Bett erfinden wir den Engelstanz.

Bald halten uns die Stürme und Gewitterregen des Monats August in diesem Zimmer gefangen. Dieses Zimmer ist eine Oase im stickigen Dickicht der Stadt. Ohne mir dessen bewusst zu sein, hatte ich mich eingelassen auf die immer verzweifelte Freude, die ewig erschreckende Sanftheit der Sinne. Fünfzig Jahre später sehe ich mit geschlossenen Augen die Kleider, die wir uns vom Leib gerissen haben und die auf der Erde liegen, wie zusammengefegt vom Wind, der auch das Laub am Boden aufwirbelt.

***

Der Regen prasselte auf die Wellblechdächer. Edgar legte seinen Kopf an meine Schulter und sagte: »Ich wollte dich schon, als ich dich zum ersten Mal tanzen sah.«

Es regnete in Strömen. Ich wusste nicht, was antworten. Alles um mich war mir zu unbekannt, zu neu, zu stark. Und doch hatte ich das Kommen dieses Mannes ja schon akzeptiert, so wie man sich willentlich einen Weg durch eine unbekannte Landschaft bahnt, einen Sprung ins Ungewisse wagt. In jenem Augenblick der Geschichte war Edgar sich nicht sicher, was ich für ihn war: seine Schwester, seine Frau oder seine Tochter. Also betrachtete er mich, studierte mich, um zu begreifen, was ihm da widerfuhr. Mir fielen Man Bos wohlbedachte, weise Bemerkungen ein: »Dein Verhalten wird sich ändern«, »Man reitet nicht einfach wild drauflos, ohne das geringste Ziel vor Augen.«

Unter Edgars überrascht amüsiertem Blick brach plötzlich ein Orkan aus mir hervor, ich lachte aus vollem Hals. Unmittelbar danach fiel ich wohl wortlos in einen leichten Schlaf, für wenige Minuten, sah Edgar dabei zu, wie er mir mit seinen Augen die Seele aussaugte, umzingelt von Wolkenbrüchen in einem großen, flüssigen Land.

Wir kehrten schweigend nach Port-au-Prince zurück, bei Einbruch der Nacht. Meine erste Liebesszene endete mit einem Abschied, nicht mit einem Versprechen. Und diese erste Szene bestimmte alle künftigen. Später ließ ich mich manchmal auch unverbindlich ein. Mochte das Bedürfnis, das nach keiner bestimmten Antwort verlangte, hatte Gefallen an der souveränen Leidenschaft. Selbstbeherrscht. Die Hände habe ich nie jemandem gereicht. Ich habe immer meine Arme vor der Brust verschränkt, um den Schrei zu unterdrücken. Neue Lektion über den Stolz. Lektion auch über die Einsamkeit.

31

Manchmal besuchte ich Madame Prévilor gemeinsam mit Lise Martin Boural. Meine anfänglichen Ängste waren mit der Zeit verflogen. An einen der letzten Besuche erinnere ich mich noch. Thérèse hatte ihrem strengen Vater entwischen können und begleitete uns. Madame Prévilor hatte Ti Ton, ihren jüngsten Sohn, an die Hauptstraße geschickt; als er uns kommen sah, kletterte er hinten aufs Auto und fuhr mit bis zu Madame Prévilors *lakou*. Ihre Hütte stand rechts im Hintergrund, etwas abseits von den anderen. Der Eingang zu ihrer Hütte lag im Schatten eines riesigen Kalebassenbaums, ihres Lieblingsbaums. Unter einem Ficus döste ein alter Mann, zuzelte gelegentlich an der Pfeife zwischen seinen Zähnen, gedankenverloren. Junge Frauen kehrten vom Fluss zurück. In Körben auf ihren Köpfen trugen sie die Wäsche nach Hause, die sie den Morgen über gewaschen hatten, wiegten sich in ihren breiten, kräftigen Hüften, stolz auf ihre schlanken Oberkörper. Der Alte riskierte hier und da einen begehrlichen Blick auf die jüngsten, warf Kieselsteine oder rief derbe Kommentare hinter ihnen her, über ihre prallen Pos, die wohlgeformten Taillen oder ihre hoch angesetzten Brüste.

Madame Prévilor war eine Königin. Und Lise Martin Boural verdanke ich, dass sie mir gestattet hat, ihr Reich zu betreten. Alles Unglück, alle Schicksalsschläge, alle Wirbelstürme schienen über sie und ihre Ansprüche auf das Recht hinweggegangen, an ihr abgeglitten zu sein. Sie musste sehr geübt sein im Umgang mit ihren Göttern, die sich, ganz im Gegensatz zu den katholischen Heiligen, offenbaren, essen, böse werden, leiden, Liebe machen und akzeptieren, dass man sie aufs Schärfste zurechtweist. Madame Prévilor empfing uns im größeren der beiden Zimmer ihrer Hütte. Zweimal schaute sie verstohlen aus dem Fenster, wir konnten uns nicht erklären, warum. Ti Ton hatte sich wieder vor den Eingang gesetzt und flocht Zweige der Latanierpalme: »Er wird euch einen schönen Korb flechten. Er ist wirklich sehr geschickt, Ti Ton.«

Nun kam auch Dieuseul, sein älterer Bruder; er durchbohrte uns mit seinen Blicken und nahm jedes unserer Wort so ehrfurchtsvoll auf wie Hostien.

»Wo ist Artémise?«

»Die werdet ihr heute nicht sehen können.«

Lise Martin Boural hatte keine weiteren Fragen gestellt. Der Zutritt zum *guévo* war uns verwehrt. Dorthin hatten sich drei *hounsis* für einundzwanzig Tage zu ihrem Initiationsritus zurückgezogen, unter ihnen Madame Prévilors Tochter Artémise. Heute war der sechzehnte Tag. Lise Martin Boural bat darum, sie sehen zu dürfen, sobald das Ritual beendet wäre, doch Madame Prévilor wehrte ab: »Oh nein, das wäre sinnlos. Dann sind sie noch viel zu ergriffen, noch zu stark beeindruckt von allem, was sie gesehen haben, und werden uns nur um eines bitten: ›Lasst uns in Ruhe.‹ Kommt lieber in ein paar Tagen wieder, zum Gottesdienst für Ogoun.«

Wir verabschiedeten uns von Madame Prévilor, und Lise Boural und ich drehten uns beim Weggehen zu dem Fenster um, aus dem sie zweimal geschaut hatte. Wir sahen ein etwa zehnjähriges Kind davor knien, das auf jeder Handfläche einen Stein hielt. Dicke Schweißperlen standen ihm auf der

Stirn. Aus seinem halb geöffneten Mund floss vor lauter Weinen Speichel, und Fliegen huschten vorbei, um sich an dem schleimigen Rinnsal aus seiner Nase gütlich zu tun. Madame Prévilor warf ihm einen Blick zu, der ein Giftpfeil hätte sein können, und erklärte uns zugleich, dass Strafe sein musste. Schmerz musste auf diese besondere Art bereitet werden und fortbestehen, denn auch der Schmerz war ein Erbe dieses Ortes, ein Vermächtnis, das alle Unterlegenen teilten wie ein Stück Land, in Gemeineigentum. Ganz wie bei den Schwestern Védin musste auch hier ein Los, das ein Mensch allein nicht zu tragen vermochte, auf mehrere Schultern verteilt werden. Ich verstand erst später, sehr viel später, dass Armut nicht alles aufwog, dass die arme, völlig in ihr Vaudou vertiefte Madame Prévilor auch grausam sein konnte. Zauberhaft und grausam zugleich.

Wenige Tage später hatten wir, um unsere wachsamen Eltern zu täuschen, angekündigt, dass wir bei Madame Boural übernachten würden, weil wir eine Singprobe hätten. Tatsächlich aber verbrachten wir die Nacht im *lakou* von Madame Prévilor. Die Zeremonie begann gegen Mitternacht. Die *hounsis* bereiteten den Stier vor, das Opfertier. Er wurde gewaschen, parfümiert, die Hörner mit roten Bändern geschmückt. Madame Prévilor hatte Ogoun Férailles Symbol, sein *vèvè,* sorgfältig auf den Boden gezeichnet, ein Pinienzweig zwischen Hacke und Machete, hatte sich vor der vollendeten Zeichnung tief verneigt und den Boden dreimal geküsst. Als der *pè savann* die katholischen Litaneien beendet hatte, begann der *houguenikon* mit der Anrufung. Mit Worten aus den fernen Königreichen Afrikas, die über Ozeane und Generationen von Seelen hinweg zu uns gefunden hatten. Endlich traten auch die *hounsis*, nun ganz in Rot gekleidet, der Reihe nach aus ihrem Raum. Die ersten trugen Fahnen in Ogoun Férailles Farben. Madame Prévilor begrüßte sie feierlich und stellte Kerzen an bestimmten Punkten des *vèvè* auf. Es war schon zwei Uhr morgens. Die Trommelwirbel wurden schneller, einige *hounsis* begannen zu tänzeln, zu taumeln, ließen sich zu Boden fallen, waren Sekunden später wieder auf den Beinen, ließen die Schultern kreisen, bewegten heftig die Hüften und fügten sich schließlich der Priesterin. Madame Prévilor band jeder ein Tuch um die Taille, spie in hohem Bogen Rum aus und besprühte die *hounsis* damit. Die schwankten, drehten sich ein-, zweimal im Kreis, die große Trommel steigerte ihren Rhythmus. Die *hounsis* hatten kaum die ersten Schritte eines schnellen *zepòl* angedeutet, da begann auch Madame Prévilor sich im Takt zu wiegen. Sie ballte kurz und kämpferisch die Fäuste, durchmaß den Raum mit großen Schritten von rechts nach links und setzte sich dann. Man reichte ihr eine Zigarre und eine Machete, sie richtete sich auf, erhob sich von ihrem Platz und schwang die Klinge bedrohlich über unseren Köpfen. Wieder durchquerte sie den Raum, die Zigarre im Mund, und gab zunächst den *hounsis*, dann Lise, zwei weiteren Gästen und zuletzt mir die Hand. Zum Rhythmus des Nago, den die kleinen Trommeln lieferten, tanzte Madame Prévilor einen Kampf. Sie vollführte einen Kriegstanz, stand mit beiden Füßen fest auf der Stelle und bewegte die angewinkelten Arme ruckartig nach rechts und nach links. Lise Martin Boural notierte jede Geste detailgetreu in einem Heft.

Gegen drei Uhr morgens wurde der Gottesdienst noch intensiver. Mit jedem Trommelwirbel breitete die Nacht ihre Arme aus und hielt uns gebannt in ihren feuchten Achselhöhlen, bis der neue Tag anbrach.

32

Die Willenskraft der Truppe wächst von Tag zu Tag. Mit jeder Sekunde werden wir fester zusammengeschweißt. Es scheint, als schöpften wir unsere Energie aus der Berührung mit dem Boden, aus der Erde, die so köstlich und nahrhaft wie eine Frucht ist. Je höher wir springen, desto besser können wir den Raum überwinden. Mit jedem Tag gewinnen wir eine weitere Schlacht gegen die Schwerkraft und gegen unsere steifen Gelenke, die wir mit Schweiß und Liebe geschmeidig halten. Lise Martin Boural, tatkräftig unterstützt von Madame Daveau, verordnet uns Übungen und ständige Wiederholungen in maßlosem Tempo. Von Grazie und Schönheit will sie nichts wissen. Viel lieber will sie all die Dinge aufführen, vor denen die Leute Reißaus nehmen möchten, kaum dass sie im Tanztheater sitzen. Wir, die Tänzer und ich, verwandeln uns schrittweise vor ihren Augen. Wie verhext schlüpfen wir in unsere Rollen. Madame Boural hat die Zauberkraft einer Hexe.

In aller Verschwiegenheit hatte sie diese Aufführung geplant. Nur wenige Menschen, persönlich eingeladen, wissen davon. Die politischen Umstände verlangen es so. Zu den Auserwählten zählen auch Edgar und Onkel Héraclès. Meine Eltern erfahren nie davon. Einmal mehr ist Onkel Héraclès mein Komplize, mein Bruder.

Tage vor der Aufführung halte ich mich von Edgar fern, mit Absicht. Ich schaffe eine verzweifelte Distanz zwischen uns, was zwar schwer fällt, doch auch Gutes hat, weil die Entfernung voller Erwartungen steckt. Um diese Rolle zu tanzen, verzichte ich tagelang auf Edgar, damit ich die Frau sein kann, die leidenschaftlich liebt und auf den Gottmenschen wartet. Noch ist dieser Gott allerdings sehr fern. Monatelang hat Lise Martin Boural an der Inszenierung des Wiedersehens und der heiligen Hochzeit gearbeitet, hat mit Madame Prévilor bestimmte Details besprochen. Mir erklärte sie, dass der Körper offen sein, alles durch sich hindurch lassen muss; überall im Leben kann man lügen, sagt sie, doch die Bewegung auf der Bühne darf nicht lügen; tanzen bedeutet, seiner in alle Winde verstreuten Seele zu folgen und sie mit jeder Geste wieder einzusammeln. Lise Martin Boural schärft mir ein, dass ich für diese Rolle alles hinter mir lassen muss, was mich behindern könnte: rückwärts gewandte Blicke, schräge Blicke, Bewegungen, die aufgesetzt wirken, weil sie von anderen abgeschaut sind. Und vor allem will sie keine Ängste mehr. Meine Angst vor dem Ungewissen, die Angst zu versagen, soll ich abschütteln. Unablässig redet sie auf mich ein: »Mach dich frei, lass deine Hemmungen los, und mit deinen Ängsten musst du spielen. Gib ihnen keine Zeit, sich an dich zu klammern. Du musst schneller tanzen als sie. Höher auch … Tanzen heißt schweigen und vorankommen.«

Für die junge Frau, die ich damals war, zählte nur eines: die Rolle, die auf sie wartete. Der Vorhang würde sich heben, schon der erste Akt würde mit ihrem Verlangen beginnen. Von langem Schweigen umgeben. Die Frau, geschmückt mit seinen Farben, würde den Gott erwarten. Und der Gott, das sind bereits alle Menschen, die vergangenen, die noch kommenden, alle Menschen der Welt. Er, zurückgekehrt von einer Reise zur anderen Seite der Erde, von einem Feldzug oder aus der Gefangenschaft, ist der Gott, der alle Zeiten durchreist, als Jäger, Seefahrer, Krieger.

Die wenigen Zuschauer drängen sich im engen Studio von Lise Martin. Ich bin angespannt, von den Fußsohlen bis in die Haarspitzen. Ich wärme mich auf, lockere die Muskeln, mache Dehnungsübungen, ein-, zweimal Spagat. Mir sitzt ein Kloß im Hals, er schnürt mir die Kehle zu, auch meine Seele und meinen Magen. Meine Seele und mein Magen sind ohnehin kaum noch voneinander zu trennen. Es fehlt nicht viel, und ich ersticke. Schon sind die ersten grollenden Trommelwirbel zu hören. Ja, ich weiß, jetzt bleibt nur ein Ausweg: die Arena. Ich beuge mich. Ich setze einen Fuß vor den anderen. Ich bin das Opfertier.

***

Alles beginnt, als meine nackten Füße den glatten Boden berührten. Als ich durch meine Angst springe wie ein Jongleur durch einen Feuerreifen. Vollkommen befreit. Beginnt in dem Augenblick, in dem ich alles verliere, ohne Bindung bin, ohne Grund, ohne Hoffnung, ohne eine Menschenseele, nichts und niemanden hinter mir. Und je näher ich dem unbekannten Ort komme, desto mehr Sinne und Zeichen kommen mir abhanden. Bald bin ich kopflos, verrückt, nicht weil ich vieles verloren habe, sondern weil plötzlich so viel Neues geschieht, weil sich mein Leben vor meinen Augen verwandelt, entfaltet, neue Räume öffnet, neue Reichweiten … Ich lache leise und weine zugleich um jenes Leben, das ich nicht kenne. Ich lasse es widerstandslos vorüberziehen, es schimmert, ich mache einen Schritt hinein. Und plötzlich, ohne jede Warnung, öffnet sich mein Körper und wird vom Unbekannten mitgerissen wie vom *nordé*, dem stürmischen Wind der Augustgewitter, die den Himmel spalten. Wie Rum steigt mir mein Körper jetzt zu Kopf und brennt an allen Enden. Aus der Tiefe der Zeiten, aus der Tiefe der Jahrhunderte dringt das Unbekannte, jener Geruch, der in mächtigen Schwaden von Wut ausgeht, der Geruch nach Feuer, nach Blut, auch Kinderlachen, fröhlich wie zwitschernde Vögel, Menschenmassen, die dem Morden entgegengeschleudert werden, Wimpern, die blinzeln, wenn Sterne funkeln, es ist die furchtbare Freiheit der Sterbenden, der unstete Schlaf der Frauen, die unbedachten Worte, die den Männern entfahren. All das und mehr brachte die junge Braut zum Ausdruck, mit ihrem Körper, aus dem alte, vergessene Weisheit sprach, älter noch als Man Bo, älter als die Vorfahren auf den Plantagen, älter als alle Frauen der Schöpfungsgeschichte, Rachel, Rebecca, älter als die Göttin der Hottentotten, älter auch als Ayizan, die Mutter aller *lwas*. Ich ging sehr weit, so weit, dass künftig allein der Tod mir ein zweites solch hochfliegendes Ende ohne Absturz würde bieten können. Fortan würde jeder Moment nach diesem sehr viel leerer, hohl sein.

Nach der Vorstellung derselbe Schmerz, dasselbe Glück,

auf immer verbunden. Das Glück, aus den verzauberten Rändern der Wunderwelt wiedergekehrt zu sein. Ich denke an die von Madame Prévilor eingeweihten Frauen, an den Schutzengel, der, wie sie mir sagt, mich blitzschnell verlassen und mit nackter Seele mitten in der Welt alleine lassen kann. Jenen, die auf mich zukommen, möchte ich sagen: »Lasst mich, ich bin erschöpft, tot… Gebt mir Zeit, zu mir zurückzufinden, mich zu erholen von all den Leben.«

Ich schließe die Augen, wiege mich vorwärts, rückwärts. Um mich aus meiner Selbstvergessenheit zu lösen, mich zu vergewissern, dass ich noch lebe; zutiefst erschüttert zwar, doch lebendig und stärker als zuvor. Damit mein in Wallung geratenes Blut wieder zur Ruhe kommt. Dieses Schweigen leiste ich mir wie einen Luxus, minutenlang. Meine lebenswichtige Quarantäne. Nie werde ich den Tanz mehr lieben als in den wenigen Stunden vor oder nach einer Aufführung. Während der Vorstellung kann ich ihn nicht lieben. Ich existiere nicht. Ich kann ihn tatsächlich nur in seiner Abwesenheit lieben, wenn ich wieder zu mir komme und er nicht mehr ist. Wenn ich spüre, wie mir die Müdigkeit bleischwer in die Glieder kriecht. Der Tanz und ich, wir messen unsere Kräfte, führen wohl einen ewigen Kampf um einen Rang, von dem jeder den anderen verdrängen will.

Edgar steht im Dämmerlicht und erwartet mich. Er lehnt an einer Wand mir gegenüber und schaut mich durch dichte Rauchschwaden hindurch eindringlich an. Als ich endlich alleine bin, kommt er auf mich zu und flüstert mir ins Ohr: »Was tust du noch hier?«

Seine Stimme ist tief, ernsthaft, so höre ich sie zum ersten Mal. Er wiederholt seine Frage. »Was hält dich noch in dieser Stadt, wenn so viel in dir steckt?«

Ich höre ihm schweigend zu, spüre wie seine Worte sich in meiner Brust zusammenballen, mir fast die Luft abschnüren, bis es schmerzt. Als er noch hinzufügt: »Ich würde dich gerne hier behalten, hier bei mir, doch das werde ich nicht tun. Du musst unbedingt weg von hier, so schnell wie möglich«, möchte ich am liebsten schreien. Er sagt mir dann sehr harte Worte, Worte, die weh tun, mit einer Zärtlichkeit, die er selbst nicht ahnt.

An dem Tag, mit dem es zu Ende geht, sinkt die Sonne langsam und sehr tief. Wir sprechen wie in Verzückung, zusammenhanglose Worte, ohne wirklich zu wissen, was wir sagen. Die Silben sind weich, zerfließen. Weil uns messerscharfe Worte, Worte wie Reißzähne fehlen, schweigen wir schließlich. Wenn die Nacht anbricht, wird Edgar glauben, ein ganzes Frauengeschlecht seufzen und stöhnen zu hören, das für einen Augenblick zusammengekommen und seinem männlichen Willen unterworfen ist.

33

Der Boden, der mich seit meiner Kindheit getragen hatte, schien mir plötzlich zu schwanken, er war weich und porös. Meine Füße versanken darin. Ich war niemandem böse deswegen. Mein Vater hatte, im Gegensatz zu Onkel Héraclès und mir, die Welt so genommen, wie er sie vorgefunden hatte, wollte sie nicht verändern. Ich deutete eines Tages an, dass Edgar mir nicht gleichgültig war. Er erkannte, dass ich gelernt hatte, mir meinen Appetit auf das Leben einzuteilen, um beizeiten herzhaft zuzubeißen, als hätte ich eine Mahlzeit ausgelassen. Und so bekam er es mit der Angst, war meine Abwesenheit leid, mein Schweigen und meine Lügen. Denn er wusste, dass ich ihn belog. Wohl auch deshalb war er schließlich damit einverstanden, mich ziehen zu lassen.

Aus meiner behüteten Kindheit war ich hineingewachsen in die Lauerstellung eines eingesperrten Vogels. Ich hatte den Punkt erreicht, an dem mir alles zuwider war, die Erstkommunionen, die Hochzeiten und Taufen, all die undurchsichtigen Riten aus zweiter Hand, mit denen sie sich abgaben, die Kleinbürger in den Tropen, immer Schein statt Sein; genauso ging es mir mit Man Bos irdischen Ängsten, den Ängsten der Armen und der Arroganz der Familie von Lise Martin Boural und den Musdorfs. Ich wusste, dass mein Horizont weit über die Linie hinausgehen würde, an der der Himmel in die Bucht von Port-au-Prince kippt. Ich wollte das andere Ufer erreichen, das ich nie gesehen hatte. Ich wollte nicht mehr nur diesen Ort, an den der Zufall mich geworfen hatte. Für meine Abreise war die Anmeldung an einer Dolmetscherschule, die ich mit Tante Hélènes Hilfe bewerkstelligte, also zugleich Bedingung und Vorwand. Ich wusste, ich würde weggehen, um zu tanzen, das war der einzige Grund. Tage und Nächte lang spürte ich Fieber und Glück und leises Schuldgefühl allein bei dem Gedanken, dass ich alle und alles hinter mir lassen würde, um in fremden Städten zu tanzen. Wie ich suchte auch Onkel Héraclès nach einem Ausweg. Mit voller Wucht und geschlossenen Augen hatte er sich an einem kalten, harten Fenster gestoßen, von dem er geglaubt hatte, es stünde offen. Seine Seele war in einer heftigen Brise zerrissen, seine Freunde in alle Winde zerstreut. Wir hatten ein Alter erreicht, in dem Sehnsucht und Ungewissheit einen Menschen bis zum Äußersten treiben konnten, allein, auf sich gestellt, ohne Netz und sichernde Seile. Kaum hatte Onkel Héraclès von der süßen Freiheit gekostet, schon war ihm die Welt ohne diesen Geschmack ungenießbar. Manchmal vertraute er mir an: »Nicht vor dem Sterben hab ich die größte Angst, sondern davor, morgens auf dieser Insel aufzuwachen.«

Er verließ sie im Juli 1949. Zu der Zeit, als die ersten Touristen, Deutsche, Franzosen und vor allem Amerikaner, kamen und uns wie seltsame Tiere begafften. Die Kinder liefen durch die Straßen und riefen ihre paar Brocken Englisch: »Blanc, give me five cents.« Manche Touristen ertrugen nicht, was sie sahen, andere verbrachten, was ihnen an Leben noch blieb, mit dem Versuch zu begreifen, was ihnen da den Atem verschlug und das Herz stillstehen ließ.

Onkel Albert bewegte sich wie auf Eiern, so sein Ausdruck; er wollte in der Versenkung verschwinden, neue Allianzen schmieden, um zu günstiger Stunde das Wohlwollen der neuen Sieger auf sich zu lenken. Madame Labard fand neue Idole, in Gestalt von Gamal Abdel Nasser und François Duvalier, dem neuen starken Mann vor Ort. Thérèse verkümmerte endgültig unter dem Regiment von Hauptmann Brévil. Tante Édith gab sich der Stickerei hin, um die Welt auszuschmücken, der Mademoiselle Claire durch ihr Beten von Rosenkränzen zu entkommen hoffte. Und als ich eines

Tages hörte, wie meine Mutter Onkel Héraclès zum zweiten Mal anvertraute: »Alice möchte ich so vieles auf einmal bieten, dass ich gar nicht weiß, womit ich anfangen soll«, wusste ich, dass ich mein Glück fern von zu Hause versuchen durfte, und sollte zugleich erkennen, dass sie der Teil von mir war, an dem ich wirklich hing.

Eines Morgens, ich war mit Man Bo allein in der Küche, hielt sie den Moment für gekommen, mir die Geschichte der Reiterin von La Hatte-Desdunes zu Ende zu erzählen.

»*Chita!* Setz dich hin, damit ich weitererzählen kann. Jetzt bist du ja alt genug. Die Reiterin, so sagt man, hat die Männer in Vollmondnächten betört, weil sie zur Geliebten ihrer Seelen wurde. Sie rieb sich ein mit einem Absud aus Zitronenkraut, Minzöl, Ylang Ylang und Vanille, und nicht einer konnte ihr widerstehen. Wenn sie auf ihrem Schimmel dahin ritt, klatap, klatap, konnten ihr weder Erzulie, die Göttin der Liebe, noch der Wassergott Simbi Andezo das Wasser reichen. Voilà, liebe Alice, das ist die Geschichte!«

»Warum erzählst du sie mir?«

»Weil es eine schöne Geschichte ist für die Frau, die du werden wirst und die eines Tages heiraten wird.«

»So, meinst du? Und ob ich ihn lieben soll, sagst du mir nicht?«

»Was Liebe ist, weiß ich nicht. Noch so eine von den Geschichten, die dir dein Onkel Héraclès oder vielleicht Edgar in den Kopf gesetzt hat. Du musst wissen, was dir schmeckt. Du gehst weg und heiratest einen Weißen, am besten einen Reichen.«

»Hast du Lusignan deshalb verlassen?«

»Das ist was anderes. Erstens ist Lusignan so arm wie Hiob, und zweitens verliert er wie alle Neger sofort den Kopf, wenn er ein Weibchen riecht, und gießt seinen Lendensaft überall aus. Der hat bestimmt mehr als einem Dutzend Mädchen hier ein Kind gemacht; von seiner Liebe zu Rum und Domino ganz zu schweigen.«

Als Man Bo bemerkte, dass ich ganz verblüfft war und nur mit größter Mühe mein Lachen zurückhielt, fügte sie schnell hinzu: »Und lass es dir gesagt sein: Die Männer, alle, sind wie die Köter hinten im Hof, die heben das Bein, pinkeln an jeden Baum, an jede Mauer, und dann verziehen sie sich. Gott sei's gedankt, du bist weder ein Baum noch eine Mauer! So, und jetzt ist Schluss.«

Wenige Tage später schenkte mir meine Mutter eine Wundermedaille, auch von Tante Édith bekam ich das Bild einer Jungfrau, der von Altagrâce, und Man Bo, die wusste, dass das Böse weder die Weißen noch die Reichen und am allerwenigsten die Neger verschont, vermachte mir ihr Skapulier gegen die *galipotes* und die *bakas* und andere böse Geschöpfe, die weit über die Ozeane hinaus ihr Unwesen treiben. Ich ging also mit einer beachtlichen Eskorte an Bord. Ein Jahr nach Onkel Héraclès, drei Tage nachdem Lumane Casimir und Celia Cruz in Port-au-Prince gesungen hatten, zur Zweihundertjahrfeier von Haitis Unabhängigkeit, und am Tag nachdem ich Thérèse ein wenig scherzhaft gestanden hatte, dass Edgar zum ersten Mal meine Lippen berührt hatte. »So wie Mann und Frau sich küssen«, hatte ich noch draufgesetzt, um der Verblüfften zusätzlich zu imponieren.

Am Abend vor meiner Abreise stand ich mit meinem Vater auf der Galerie, an meinem Lieblingsplatz, von dem aus ich hinter der majestätischen Ruhe der Palmen so gerne zusah, wie der Tag im brennenden Abendhimmel versank. Vögel waren vorbeigezogen, gefolgt von einem ganz besonderen Licht, zartblau. Ein kaum merkliches Phänomen, das meinem Vater wohl nahe gegangen war, denn er berührte meine Hand, ohne mich dabei anzusehen. Für wenige Sekunden stieg ein Gefühl in mir auf, heftig und unerwartet. Ich wollte ihn verletzen. Einen Satz oder ein paar Worte, um ihn an die Ohrfeige zu erinnern, an Edgar zu erinnern, um ihm die Dame mit dem Sonnenschirm aus dem Kopf zu schlagen. Doch stattdessen legte ich meinen Kopf an seine Schulter und sagte kein Wort. Ich war jung, gerade zwanzig, und fühlte mich tief in mir als die Stärkere. Ein paar leise Tränen. Das war alles.

Was ist ein Akrobat Gottes? Mir scheint, es ist jemand – er muss kein Tänzer sein –, der voll und ganz lebt. Der das Risiko eingeht, zu stürzen.

Martha Graham

Einige von uns gingen das Risiko ein, zu stürzen. Viele lernten, wie berauschend Leere sein kann, andere brachen sich das Kreuz, oder die Seele, oder beides.

Ich kam am 2. September 1948 in New York an. Sehr schnell war ich mir selbst überlassen in dieser riesigen, unheilvollen, glitzernden Stadt. Frei, mein Leben zu tanzen, nach Belieben zu lieben und abzuweisen, Herz und Seele von allen Bindungen befreit. In dieser Stadt, und nicht etwa bei den Demoiselles Védin, habe ich meinen Virus der »Zivilisierten« aufgeschnappt, dieses Gefühl der Leere, der Unfähigkeit zu leben, das man für den Bruchteil einer Sekunde, manchmal beinahe bis zum Ersticken, empfindet.

Meine Mutter war am Ende ihrer Kräfte. So viele Jahre lang hat sie gelebt, ohne uns ihr Geheimnis zu verraten. Das keiner von uns zur Kenntnis genommen hat, weder mein Vater noch Tante Édith, nicht einmal Onkel Héraclès. Das Geheimnis, das sie wohl in ihren feuchten, zornig roten Träumen verbrannt, mit ihren musikbesessenen Händen den Flammen der karibischen Sonnenuntergänge anvertraut hat. Noch heute liebe ich den Schatten der Frau, die sie nicht sein konnte.

Edgar verließ die Insel 1962. Der Tanz wappnete mich mit der Zeit gegen die Kraft dieser lautlos lodernden Beziehung. In seinen letzten Briefen beschrieb er, wie die Angst langsam wuchs, schrieb von den ersten Detektorempfänger und ihrem Rauschen und Knistern, das die Nacht zerriss, von der *Bohemia,* der Zeitschrift der jungen kubanischen Revolutionäre. Auch ließ er keine Gelegenheit aus, zu sagen, dass bleischwere Stimmung herrschte auf der Insel, dass Milizionäre, mit blauen Uniformen und schwarzen Sonnenbrillen versehen, zu Fuß oder im DKW die Straßen kontrollierten. Benoît, sein Freund, sein Bruder, war verhaftet worden, Edgar sah ihn nie wieder. Heute lebt Edgar irgendwo zwischen Europa und Amerika, inmitten seiner Leinwände, fässerweise Alkohol in den Adern und Frauenkörper in den Knochen.

Onkel Héraclès hat eine junge, zerbrechliche Frau geheiratet, die ihr zerstörtes Leben in seine schützenden Hände gelegt hat. Er lebt heute in Finnland, einem Land mit Schnee, weit weg von den Armen, weit weg von den Negern und ihrer Last von Problemen. Wenn er von Negern spricht, schlägt er in Büchern nach. Für die Armen spendet er Geld, wenn Unicef oder Save the Children dazu aufrufen. Er hatte Haiti vergessen wollen, dieses Land, in dem es, so schrieb er mir einmal, keinen Platz mehr gibt für Leute, die einfach nur leben wollen. Man begegnet nur noch Schatten.

Man Bo sah ich fünf Jahre nach meinem Abschied von der Insel zum letzten Mal wieder. Sie war sehr alt geworden. Sie saß in ihrem Schaukelstuhl und wiegte sich sanft hin und her. Ich sah nur ihre Lippen. Sie allein waren noch immer lebendig. Der Rest schien wie zurückgezogen, während ihr

Kopf leicht nach vorne fiel, wenn sie ein paar Worte sagte. Ihre Wangen, ihre Stirn, ein einziges Feld der Verwüstung, von Hunderten von Falten durchzogen. Die ersten Anzeichen eines grauen Stars waren an dem milchigen Film erkennbar, der ihr linkes Auge überzog, und aus ihren Augen rann schleimige Flüssigkeit. Die Worte purzelten in ihrem völlig zahnlosen Mund durcheinander: »Pitit mwen, lass dich anfassen, mein Kind.« Ihre Hände berührten mein Gesicht, spielten mit meinem Haar, und natürlich war sie beunruhigt darüber, dass ich nicht verheiratet war. Ich umarmte sie, hielt sie lange in meinen Armen. Wenige Monate später kehrte Man Bo heim zu ihren Schwesterseelen im fernen Guinea, ohne je genau zu wissen, was ich eigentlich tat, dort im Land der Weißen, jenseits des großen Wassers.

Thérèse war so töricht, sich in Frantz zu verlieben. Er ließ sie mit einem kleinen Bastard im Bauch sitzen. Ihre Familie war damals erst frisch aus der Provinz in die Stadt gezogen und hatte ihr noch nicht das Netz knüpfen können, das ihr die Sicherheit gegeben hätte, mit der die jungen Städterinnen ihre kostbare Freiheit offen zur Schau trugen, wie ein Juwel, oder wie eine Blume als Ohrschmuck. Thérèses Vater trug die Rachsucht mit sich herum wie eine geballte Faust und vergaß nie. Anfang der Sechzigerjahre tauschte Hauptmann Brévil die Militärunifom gegen die der Miliz und machte eines Tages kurzen Prozess. Er tötete den ältesten Sohn der Musdorfs, riss ihr Vermögen an sich und verjagte die Familie ins Exil.

Tante Édith wurde hässlich, nicht weil die Zeit Spuren hinterließ, sondern weil sie ihr Leben verloren hatte und eine Niederlage nie schön ist. Onkel Albert war ehrlich betroffen, als sein Schwager, ein junger Leutnant, 1963 verhaftet wurde. Er nahm seine Schwester und ihre drei Kinder zu sich und mied jedes Gespräch über Politik. Wieder wartete er ab, wie der Wind sich drehen würde, und vollführte weiter seinen Eiertanz. Er, der Cumbiatänzer, der feige Hund, Genießer, Zigarrenraucher, reihte eifrig Gemeinheiten aneinander und wurde immer reicher und immer respektierter. 1975 zog er in eines der höher gelegenen Viertel der Stadt. In der Epoche des Tauwetters, wie man die Zeit gerne nannte, kehrte Frantz Musdorf aus dem Exil zurück und schloss sich, vom echten nicht weit bis zum faulen Kompromiss, mit Onkel Albert und meinem Cousin Marcel zusammen, um sich in Geschäften zu üben, für die meist das Strafgericht zuständig war. Onkel Albert und Frantz Musdorf waren eine Symbiose eingegangen. Sie waren nicht mehr Mulatte der eine, Schwarzer der andere. Sie hatten beide die Farbe der Korruption angenommen.

Lise Martin Boural hatte es geschickt verstanden, sich fern zu halten von ihrer Familie, von einer Welt, mit der man sich entweder abfand oder der man entfloh. Gegen den hohen Schutzwall ihrer Tanten, Großmütter, Cousinen, die die plötzliche Invasion der Leute von unten, des afrikanischen Volkes, zutiefst bestürzte, setzte sie Schritt für Schritt die heimischen Tänze. Zu guter Letzt ließ sie sich in Madame Prévilors Peristyl aufnehmen und dürfte heute mit einem Erd- oder Wassergott verheiratet sein. Doch sich selbst hat sie wohl nie gefunden. Afrika ist zu fern und der Körper so unentschlossen.

Über die Jahre kam mein Vater schließlich an den Punkt im Leben, an dem die Kräfte langsam schwinden, man verletzlich wird, und an dem wir, beide gleich stark, einander auf Augenhöhe gegenüberstanden. Ich sprach nie über die Dame mit dem Sonnenschirm, er nie über Edgar und meine Eskapaden. Er schrieb mir nur eines Tages. »Es war gut, dass du weggegangen bist. Es war richtig, nicht auf mich zu hören. Lass dir von niemandem Vorschriften machen.«

Während all der Jahre habe ich getanzt, unter allen Himmeln dieser Welt, und an einem Dezemberabend schlug ich meine Zelte in Manhattan auf, so nahe wie möglich an den verrückten Träumen eines Jazzpianisten, den ich nie wieder verließ.

Fern von meiner Insel sehnte ich mich nach ihrem Licht, nach den dunstschimmernden Morgendämmerungen, nach ihren Palmen, die sich unter ihrem weiten Himmel wiegen, nach den Sonnentagen, an denen die Guaven wie Augen leuchten, nach all ihren feurigen Frauen und Männern, nach der Trockenheit von Gonaïves, nach ihrer Kraft, nach ihrem Himmel und ihren von Rissen durchzogenen Landschaften. Meine Sehnsucht war so stark wie das Verlangen nach Nahrung, Luft oder Wasser. In solchen Momenten schluckte ich meine Einsamkeit, schob sie meine Kehle hinunter und tiefer, bis an die Stelle, an der schon die sanften Morgenstunden meiner Kindheit sich eingenistet hatten.

Es sind diese Bilder, die mich dazu brachten, zurückzukehren, einmal mehr ins Exil zu gehen, aus meinem zweiten Lebensabschnitt diesmal, den Boden der von Angst und Hunger geplagten Insel wieder zu betreten. Steckt das, was ich ab heute vom Leben erwarte, noch in dieser Angst, in diesem Hunger? Diese Insel hat ihre Vergangenheit zu lange getragen, sie streift sie ab wie eine Dirne ihr Kleid. Und sie legt dabei eine Eile und einen Eifer an den Tag, dass ich fürchte, diese Vergangenheit könnte in neuem Gewand, anders maskiert, sehr schnell wiederkehren. Scham und Unordnung haben seit langem schon zu viel Platz hier, und die Götter haben noch Appetit. Sie werden sich erst in ihre alten Häuser zurückziehen, wenn sie endgültig satt sind.

Meine Knochen, meine Muskeln, meine Gelenke sind in die Jahre gekommen. Ich bin nicht mehr ganz so beweglich wie früher, doch meine Lebenskraft scheint sich vervielfacht zu haben. In einem Monat schon werde ich wieder im Haus meiner Kindheit wohnen, im Haus meines Vaters, mit meiner Tochter Nahéma, die bald nachkommen wird. Weder mein Vater noch der Pianist leben noch. Und die Zeit treibt einmal mehr ihr Spiel mit mir, wirbelt mich herum wie einen Strohhalm, den der Wind in seinen Fängen hat. Ich sehe mein Leben vor mir, mutig, verrückt, eigensinnig. Was mich erwartet, wohin das Schicksal mich diesmal verschlagen wird, ist ungewiss. An neue Ufer vielleicht, vielleicht in neue Welten in mir, oder auf die Gipfel noch unbekannter Berge.

Die ersten Trommelwirbel sind aus dem Bauch der Erde zu hören. Hier bin ich nun, allein, von Schatten und Gerüchen umgeben. Vor mir steht, fest verwurzelt, eine Akazie, die der Mond verliebt zaust. Hier und da schimmert gelbliches Licht unter dicht gedrängten Wellblechdächern. Und etwas weiter entfernt liegt der Garten, in dem ich, in meinem blauen Kleid auf dem Gras ausgestreckt, zu existieren begann.

***

Glossar

Anmerkung zur Schreibweise: Für viele Begriffe gibt es afrikanisch, kreolisch und französisch beeinflusste Varianten. Wir richten uns hier nach der von der Autorin gewählten Schreibweise.

Agwe: Lwa der Meere und Schutzpatron der Fischer und Seeleute. Er hat außerdem die Aufgabe, die Toten sicher zur Ruhestätte der Ahnen zu geleiten.

Ason: Heilige Rassel, Kalebasse, über die ein mit kleinen Tierknochen, Muscheln, Glasperlen oder Ähnlichem versehenes Netz gespannt ist. Insignie von *hougan* und *mambo* (siehe unten).

Ayizan: Lwa der Wurzeln und Pflanzen und Schutzpatron der Priesterschaft; verhilft Vaudoupriestern zu ihren Kenntnissen über die Wirkung von Pflanzen und Kräutern, verleiht Stärke und Kraft, schützt vor bösem Zauber (siehe *wanga*).

Bakas: Kleine böse Geister, die Menschen in Tiergestalt heimsuchen (siehe *galipotes*).

Banda: Siehe Pétro/Rada

Calalou: Okraschoten, die unter anderem auch Bamiya,

Gombo und Ladyfinger heißen, sind die unreifen Früchte der Rosenpappel *(Hibiscus esculentus).* Die kantigen grünen Schoten sind fingerlang, leicht pelzig und schmecken gekocht ähnlich wie Bohnen.

Calebassier: Der Kalebassenbaum, *Crescentia cujete,* ist ein Trompetenbaumgewächs, das bis zu zehn Meter hoch wird. Die glockigen braunvioletten Blüten gehen direkt aus den Ästen und jungen Stämmen hervor. Sie blühen während einer Nacht und werden von Fledermäusen bestäubt. Die Kapselfrüchte werden bis zu zehn Kilogramm schwer und finden ihrer harten Schale wegen getrocknet Verwendung als Rasseln, Gefäße und Zierrat.

Canaris: Schalen, Wasserbehälter aus Ton, die bei der Anrufung von *lwas* Verwendung finden (siehe *govis, lwa).*

Chabin, Chabine: Haitianer, Haitianerin mit heller Hautfarbe, hellem Haar und blauen oder grünen Augen.

Cirouelle: Rote Mombinpflaume, *Spondias purpurea,* reift im Herbst und ist nur in manchen Regionen, unter anderem im Südosten Haitis bekannt.

Clairin: Weißer Zuckerrohrschnaps, billiger Rum.

Erzulie: Kann in mehreren Gestalten in Erscheinung treten. Hier ist Erzulie Freda gemeint, *lwa* der Liebe, der Wollust, des Luxus und Reichtums, aber auch der Eifersucht und Rachsucht.

Fahnen: Bezeichnen Vaudoubanner, die die Symbole der *lwas* tragen und im Laufe von Zeremonien in einer Flaggenparade präsentiert werden. Als dekorative Elemente spielen sie auch in der haitianischen Kunst eine bedeutende Rolle.

Galipotes: Geister in Tiergestalt, die Menschen heimsuchen (siehe *bakas*).

Gédés: Als *lwa* Gédé kehrt der Geist eines Vorfahrs manchmal aus eigenem Antrieb zur Erde zurück. Die Gédés, Vermittler zwischen Leben und Tod, sind die Familie der Geister des Todes und Beschützer der Toten. Sie werden angeführt von Maman Brigit und Baron Samdi. Nach den *lwas* Pétro und den *lwas* Rada spielen auch die *lwas* Gédés eine bedeutende Rolle (siehe Grann Brigit, *lwas,* Pétro/Rada).

Govi: Tongefäß, das einem *lwa* Schutz bietet. Soll der Geist eines Toten zurückgeholt werden, so geschieht dies mittels einer abgedeckten Schale mit Wasser. Kehrt er aus der unergründlichen Wassertiefe zurück, erhält der Geist seinen rituellen Sitz im *govi.* Die Stimme des Toten spricht entweder aus dem *govi* oder durch eine Person, die im Laufe der Zeremonie zu diesem Zweck kurz vom *lwa* des Toten besessen ist (siehe *guévo, lwa*).

Grand Albert, Petit Albert: Zwei Zauberbücher, verfasst vom Dominikanermönch Albertus Magnus (1193 bis 1280), auch in Kenntnis der Wissenschaft der Griechen und Araber, die bereits früh sein Interesse fanden. Albert der Große, *doctor universalis,* war ein großer deutscher Philosoph, Theologe, Enzyklopädist und erfolgreicher Naturforscher der Hochscholastik und auch ein Lehrer des Thomas von Aquin.

Grann Brigit: Auch Maman Brigit, ist unter dem Einfluss der mit Napoleons Regimentern nach Haiti gelangten Iren nach der keltischen Göttin Brigid benannt. Als Mutter aller Ahnen führt sie die Familie der Gédés an, gemeinsam mit ihrem Partner Baron, der in mehreren Gestalten auftreten kann (siehe Gédés).

Guévo: Kleiner Raum im Innern des Tempels, der für die Initiationszeremonien genutzt wird. Dort werden auch die *govis* aufbewahrt (siehe *govis*).

Hougan: Vaudoupriester; eine seiner wichtigsten Aufgaben besteht darin, die Verbindung zu den Geistern der Ahnen aufrechtzuerhalten. Deren Beistand ist unter anderem erforderlich zur Verhängung oder Aufhebung von Schadenszauber, bei Initiationsriten oder bei Festen zu Ehren der *lwas.* Nebenbei betätigt der *hougan* sich als Wahrsager, sorgt mitunter für bedürftige Mitglieder seiner Gemeinde (siehe *hounsis, lwas, mambo,* Perystil, *wanga*).

Houguenikon: Chorleiter während einer Vaudouzeremonie.

Hounsis: Haben den ersten Initiationsgrad erreicht und assistieren dem *hougan* oder der *mambo* als Sänger und Tänzer und bei der Vorbereitung von Zeremonien.

Korossolbaum: Stachelannone, *Annona muricata,* wächst bis zu acht Meter hoch, trägt herzförmige Früchte mit leicht stacheliger Schale. Jede Frucht besteht aus vielen Einzelfrüchten, die jeweils einen kleinen schwarzen Kern haben. Das reife, sehr weiche Fruchtfleisch schmeckt erfrischend, leicht säuerlich. Aus den Blättern der Pflanze lässt sich Tee zubereiten.

Lakou: Bezeichnete ursprünglich zugleich die erweiterte Familie und die Ansiedlung, in der sie wohnte. Heute, in Zeiten der Kleinfamilie, steht *lakou* besonders für den Ort, an dem ein *hougan* oder eine *mambo* wohnen.

Lwas: Geister, Mittler zwischen Gott, dem Großen Meister, der Welt der Ahnen und der Welt der Sterblichen. Sie sind überaus zahlreich, gehören verschiedenen Gruppen oder Familien an, in denen ihnen eine feste Position und Einflusssphäre zukommt. Einige *lwas* können in mehreren Gestalten in Erscheinung treten. Sie leben in Steinen, Höhlen, Bäumen, Wasserfällen und Quellen. Zu ihrer Anrufung bedienen sich die Priester der Symbole, Farben, Pflanzen und Opfergaben, die jeder *lwa* bevorzugt. Da im Vaudou neben den afrikanischen auch katholische Elemente zu finden sind, wird jeder *lwa* mit einem christlichen Heiligen identifiziert.

Madichon: Fluch.

Malice: Auch *Ti Malice,* gehört mit seinem Freund Bouki zu den wichtigsten Figuren der haitianischen Folkszene. Malice denkt sich immer neue Tricks aus, und der einfältig behäbige Bouki tappt immer wieder in seine Fallen.

Mambo: Vaudoupriesterin (siehe *hougan*).

Mirliton: Chayotekürbis, *Sechium edule (Jacq.),* ursprünglich zunächst in Mexiko und Südamerika verbreitet.

Mitan: Auch *poteau mitan,* der Pfahl im Mittelpunkt der Vaudouzeremonie, die Achse der Welt. Über ihn, den Kreuzungspunkt zwischen Geist und Materie, Himmel und Erde, erreichen die Geister die Welt der Menschen. Er steht fest verankert in einem Sockel, auf dem auch die Opfergaben für die *lwas* dargebracht werden.

Nago: Siehe Pétro/Rada

Ogoun Féraille: Gehört zur Familie der *lwas* Ogou, kann in mehreren Gestalten in Erscheinung treten. Als *lwa* des

Feuers, des Eisens, der Schmiede steht er für Krieg und Zerstörung, gilt aber auch als Kämpfer gegen das Elend. Er verleiht Macht und Autorität, verkörpert Stärke, Vernunft und Weisheit.

Paquet wanga: Zauberpäckchen, enthält die Bestandteile eines *wanga* (siehe *wanga*).

Perystil: Vaudouheiligtum, insbesondere der Vorraum oder der teilweise überdachte Hof, in dem die Vaudouzeremonien abgehalten werden.

Pè savann: Prediger, Assistent des Priesters; zuständig für den katholischen Teil der Vaudouzeremonie.

Pétro/Rada: Die beiden Hauptriten des Vaudou. Pétro dient der Anrufung der heißblütigen, aggressiven *lwas.* Rada hingegen gilt den kühlen, sanften Geistern. Den Riten entsprechend werden für Rada weich klingende Trommeln eingesetzt, während Pétro härter klingende Trommeln verlangt. Die jeweiligen Rhythmen variieren regional. Yanvalou und Zepòl zählen zu den populärsten Radarhythmen aus Port-au-Prince und Umgebung; auch Banda und Nago sind sehr populär.

Quénèpe: Melicoccus bijugatus, heißt unter anderem auch Quénèpe, Spanish Lime, auf Deutsch Honigbeere. Die kleinen grünen Steinfrüchte wachsen in Trauben. Ihre feste, dünne Schale lässt sich leicht aufbrechen und offenbart eine dünne Schicht gelbrosa Fruchtfleisch, das sehr eisenhaltig ist. Die großen ovalrunden Kerne sind geröstet essbar.

Sapotille: lat. *Manilkara zapota,* gilt als eine der beliebtesten Früchte Haitis. Sie ist ovalrund, hat eine leicht raue, graubraune Schale und leicht körniges Fruchtfleisch, das sehr aromatisch riecht und schmeckt.

Simbi Andezo: Als *lwa en deux eaux,* »zwischen zwei Wassern«, kann er Salz- in Süßwasser verwandeln und umgekehrt. Als *lwa* der Strömung, des Wasserkreislaufs, Gebieter über den Regen und Meister aller Magier tritt er in mehreren Gestalten auf.

Sukkubus: Dämon in Frauengestalt, der Männer verführt.

Tafia: Alkoholisches Getränk, das aus der Melasse gewonnen wird, die bei der Herstellung von Rum anfällt.

Trempé: Kräuterschnaps, Clairin mit Kräutern versetzt.

Vèvè: Symbol jedes *lwa.* Es wird in der entsprechenden Zeremonie mit Mehl, Maismehl, Sand oder Kaffeepulver auf den Boden gezeichnet und dient ihm als Anziehungs- und Sammelpunkt.

Vaudou (auch Voodou oder Voodoo): Entstanden in Haiti aus dem Widerstand gegen die französische Kolonialherrschaft und die Sklaverei. Dem Grundsatz des Vaudou folgend, dass die Lebenden und die Toten zusammenarbeiten müssen, führte der einzige erfolgreiche Sklavenaufstand in der westlichen Hemisphäre zur haitianischen Revolution und im Jahr 1804 zur ersten von Afrikanern geführten, unabhängigen Republik dieses Teils der Welt. Durch die wachsende Zahl von Europäern in Haiti fanden zwangsläufig neben den afrikanischen bald auch katholische Elemente Eingang in den Kult. Heute sind die meisten Vaudoupriester zugleich katholischen Glaubens. Die negativen Kräfte des Vaudou, oft als schwarze Magie abgetan, wurden im Laufe der Geschichte Haitis auf unterschiedlichste Weise instrumentalisiert; so zum Beispiel auch durch die berüchtigten freiwilligen Polizeieinheiten der *Tontons Macoutes*.

Lektürevorschläge zum Thema: Maya Deren, *Der Tanz des Himmels mit der Erde,* Pendragon, Wien 1992; Alfred Metraux, *Voodoo in Haiti,* Schocken Books, New York 1959; Laënnec Hurbon, *Les Mystères du vaudou,* Gallimard, Paris 1993.

Wanga: Schadenszauber, der nur der Person schadet, für die er gedacht ist.

Yanvalou: Siehe Pétro/Rada.

Ylang-Ylang: Ätherisches Öl aus den Blüten der *Cananga odorata,* einem Anemonengewächs, das bis zu 20 Meter hoch wird und große, gelblichweiße, intensiv duftende Blüten hat.

Zepòl: Siehe Pétro/Rada.